H. G. Franciskowsky
wurde in Itzehoe geboren. Er studierte Wirtschafts- und Sozialwissenschaften und wurde schließlich Schriftsteller. In zwanzig Jahren entstanden mehrere Kinderbücher sowie unzählige Sciencefictionromane und Hörspiele.

Hans G. Franciskowsky

Wendy

Der Ritt am Meer

Schneider Buch

Die Deutsche Bibliothek – CIP-Einheitsaufnahme

Wendy / Hans G. Franciskowsky. – München : Egmont Schneider

Bd. 4. Der Ritt am Meer. – Veränd. Aufl.. – 2001
ISBN 3-505-11646-7

Dieses Buch wurde auf chlorfreies, umweltfreundlich hergestelltes Papier gedruckt. Es entspricht den neuen Rechtschreibregeln.

Der Schneider Verlag im Internet:
http://www.schneiderbuch.de

erschienen im Egmont Franz Schneider Verlag GmbH
Schleißheimer Straße 267, 80809 München

Titelfoto: Sorrel
Umschlaggestaltung: ART-DESIGN Wolfrath, München
Herstellung: Gabi König
Satz: FIBO Lichtsatz GmbH, Unterhaching
Schrift: 11˙ Garamond
Druck: Presse-Druck Augsburg
Bindung: Conzella Urban Meister, München-Dornach
ISBN 3-505-11646-7

01 02 / 8 7 6 5 4 3 2 1

Inhalt

Club der Zwanziger

Wendy hörte, wie die Hufe ihres edlen Westernpferdes gegen die Mauer schlugen und wie die Holzkästen herunterpolterten, aus denen sie zusammengesetzt war. Da wusste sie, dass sie das Springen verloren hatte. Bevor der Wettkampf entschieden war, hatte sie zwölf Punkte und war damit aus dem Rennen.

Wendy, das blonde Mädchen vom Reiterhof Lindenhöhe, war enttäuscht. Ebenso wie ihre Freundin Bianca, wie Oliver und ihre Cousine Vanessa hatte sie gehofft, dass sie das Turnier gewinnen könnte. Doch Miss Dixie, ihre schöne Pintostute, hatte zu viele Fehler gemacht. Dennoch lobte Wendy sie. Sie sprach leise mit ihr, als sie den Parcours verließ und zu ihren Freunden und ihrem Vater zurückkehrte.

Bianca, Wendys beste Freundin, lächelte gequält. Bianca war etwas schüchtern und wusste oft nicht so recht, wie sie sich ausdrücken sollte. Sie hatten sich so gut auf das Turnier vorbereitet und waren nun so kläglich gescheitert! Nur Vanessa hatte noch Siegchancen. Sie hatte noch einen Durchgang vor sich.

„Vielleicht machst du es besser als ich", versuchte Wendy Vanessa Mut zu machen. Ihre Cousine saß bereits im Sattel ihrer Holsteiner-Stute Asta und wurde gerade zum Start aufgerufen.

„Meinst du?" Vanessa rückte ihre Reiterkappe zurecht und zupfte an den Spitzen ihrer Bluse, die aus den Ärmeln ihrer Reiterjacke hervorsahen. „Meistens werde ich ja benachteiligt, aber heute ist es vielleicht anders." Ihre Mundwinkel zogen sich nach unten.

„Ach, was", rief Oliver und klatschte aufmunternd in die Hände. Er war nach wie vor optimistisch, obwohl auch er bereits in der Vorschlussrunde gescheitert war. „Niemand benachteiligt dich, Vanessa. Du rettest die Ehre von Lindenhöhe. Wetten?"

„Das wäre nicht schlecht", bemerkte Gunnar Thorsteeg, ein mittelgroßer, schlanker Mann mit schmalem, ernsten Gesicht, auf dem nicht das leiseste Lächeln war. „Schließlich müssen wir einen guten Eindruck machen. Wir wollen Pferde an das Gestüt Blauenau verkaufen. Es wäre gut, wenn wir zeigen könnten, dass wenigstens eines unserer Pferde besser springt als die von Blauenau."

„Nur nicht ängstlich sein", ermunterte Mark Benson, der englische Reitlehrer vom Reiterhof Lindenhöhe, Wendys Cousine. „Denk an das, was wir geübt haben. Dann schaffst du es auch."

Der Reitlehrer war schlank, sportlich und sah – wie fast alle Mädchen von Lindenhöhe fanden – sehr gut aus. Mit Geduld und psychologischem Geschick hatte er auch Vanessa zu einer recht guten Springreiterin gemacht; er hatte aber nicht ändern können, dass sie sich nach wie vor überschätzte. Sie hielt sich für eine weit bessere Reiterin, als sie tatsächlich war.

„Ich komme ins Stechen. Das ist sicher", erklärte das dunkelhaarige Mädchen selbstbewusst. Überlegen blickte sie Wendy an; dann zuckte sie mit den Achseln, als wollte sie sagen: Also, ein bisschen mehr Mühe hättest du dir ruhig geben können!

Danach trieb sie Asta an, um sich an den Start zu begeben. Die anderen schwiegen verblüfft. Vanessa überraschte sie mal wieder. Wollte sie nicht wissen, dass die Reiter vom Gestüt Blauenau das Springturnier beherrschten? Sie hatten alle Hindernisse mühelos genommen, an denen die anderen Teilnehmer gescheitert waren.

„Nachher sind die Hindernisse schuld, das Wetter oder die Schiedsrichter, die Zuschauer oder wir, ihr Pferd oder ... alle sind schuld, wenn es nicht geklappt hat, nur sie selbst nicht!", kommentierte Oliver den Auftritt von Wendys Cousine. Er blinzelte in die Sonne.

„Es tut mir Leid, Papa", erklärte Wendy, als sie aus dem Sattel stieg. „Ich habe das Gefühl, dass Miss Dixie noch nie so hoch springen musste wie heute. Einige Hindernisse waren einfach zu schwierig für uns!"

Gunnar Thorsteegs Gesicht entspannte sich; ein warmes Lächeln ließ ihn weniger autoritär und streng aussehen. Der Besitzer des Reiterhofs Lindenhöhe wusste sehr wohl, wo die Grenzen für das edle Westernpferd und seine Tochter waren. Ihm wäre es niemals in den Sinn gekommen, ein Pferd zu überfordern.

„Nicht weiter schlimm, Wendy. Ich finde, dass der Parcours ohnehin zu schwer für euch ist", entgegnete er. „Außerdem hast du mit Miss Dixie ja auch nicht konsequent und hart trainiert. Das hat niemand von dir verlangt, und damit wäre ich auch gar nicht einverstanden gewesen. Die Pferde von Blauenau dagegen scheinen durch eine ganz besondere Schule zu gehen."

Diese Worte hatte er so eigenartig betont, dass Wendy die Frage unterdrückte, die ihr auf den Lippen lag. Unwillkürlich hielt sie den Atem an. Was deutete ihr Vater da an? Stimmte etwas nicht mit dem Gestüt und Reiterhof Blauenau? Oder ärgerte er sich nur, weil die Pferde vom Reiterhof Lindenhöhe gegen die stärkere Konkurrenz verloren?

Nein! Das konnte es nicht sein. Das wusste Wendy.

Für einen kurzen Moment erschien eine steile Falte auf seiner Stirn. Er blickte zu den Pferden von

Blauenau hinüber, die von Stallhelfern auf einer benachbarten Koppel herumgeführt wurden.

„Hoffentlich ist es wirklich eine gute Schule“, fügte er hinzu.

„Wie meinst du das, Papa?“, fragte Wendy.

Doch ihr Vater antwortete nicht. Er ging zu Dr. Packmoor hinüber, der zusammen mit einer rothaarigen jungen Frau bei einigen Pferden stand und offenbar ein Fachgespräch führte. Als sie Gunnar Thorsteeg bemerkte, lächelte sie freundlich. Wendy stellte fest, dass sie sehr helle blaue Augen hatte, die in einem eigenartigen Kontrast zu ihren roten Haaren standen.

„Verstehst du das, Oliver?“, fragte Wendy den Freund, der neben ihr stand und beruhigend mit seinem Winterrappen Navarro redete.

„Klar! Dein Familienhäuptling wollte Zweifel anmelden, ob die Trainingsmethoden auf Blauenau wirklich astrein sind. Wir wissen doch, dass niemand so viel von Pferden versteht wie er. Wo wir noch wie die Hühner über schöne Pferde staunen, sieht er so einiges, das wirklich nichts mit Sahnetorte und Erdbeeren zu tun hat. Wenn er Beweise bekommt, wird er denen keine Pferde mehr verkaufen, das schwöre ich dir!“

„Glauben Sie, dass Vanessa es schafft?“, fragte Wendy den Reitlehrer.

Mark Benson wiegte unschlüssig den Kopf. „Ich hoffe es", erwiderte er, „aber heute stimmt einiges nicht bei ihr. Die Harmonie scheint gestört zu sein."

Nachdem er auf diese Weise sein Lieblingsthema angesprochen hatte, folgte er Gunnar Thorsteeg zu der jungen Frau und Dr. Packmoor.

Die Harmonie!

Darauf wies Benson immer wieder hin, wenn es um den Umgang mit Pferden ging. Dann pflegte er zu betonen, dass Reiten als intensive Beschäftigung mit einem anderen Lebewesen das Gefühl von körperlichem und seelischem Gleichklang vermitteln konnte wie kein anderer Sport. Darin lag der Reiz und die besondere Schönheit des Reitens. Wer beim Reiten den Ehrgeiz und das Streben nach dem Sieg über die Harmonie zwischen Reiter und Pferd stellte, schadete sich selbst und seinem Pferd.

Plötzlich begriff Wendy, dass Mark Benson nicht nur Vanessa gemeint hatte, sondern mit seiner Bemerkung auch noch auf etwas anderes gezielt hatte.

Wer den Ehrgeiz so weit trieb, dass er Pferde quälte, um sie zu Höchstleistungen zu zwingen, der zerstörte die Harmonie; der verstieß gegen den Sinn des Reitens und würde sich selbst früher oder später den Spaß am Reiten verderben. Grausamkeit gegenüber Pferden rächte sich immer irgendwann.

Wendy sattelte Miss Dixie ab und legte den Sattel

über einen Holzbock. Beunruhigt blickte sie zu den Pferden von Blauenau hinüber. Sie machten einen sehr gepflegten Eindruck. Das äußerliche Bild konnte nicht besser sein. Es war so, wie man es von diesem Gestüt erwartete, das einen guten Ruf hatte. Immer mehr Pferdefreunde reisten Jahr für Jahr von weit her an, um in Blauenau Pferde zu kaufen. Mittlerweile waren die Pferde aus diesem Gestüt so begehrt, dass Achim Wadendürr, der Inhaber, Pferde von anderen Höfen zukaufen musste, um seinen Kunden ein ausreichendes Angebot machen zu können. Es waren sorgfältig ausgesuchte Tiere, und er nahm nur diejenigen, die besonders gute Aussichten hatten, erfolgreiche Springpferde zu werden. Sie wurden von ihm und seinen Helfern ausgebildet, bevor sie den Kunden zum Verkauf angeboten wurden.

„Ach, Quatsch“, rief Wendy. Sie strich sich eine blonde Locke aus der Stirn. Dann legte sie sich die Hand ans Kinn und drückte sich mit der Spitze ihres Zeigefingers die Stupsnase platt. Als Oliver sie grinsend betrachtete, ließ sie die Hände rasch in den Hosentaschen verschwinden. „Man muss auch mal verlieren können. Ich bin an Siegen gar nicht so interessiert!“ Und das stimmte sogar.

„Wir haben verloren“, erwiderte er. „Und wie!“

Das war allerdings richtig. Wendy gab es unumwunden zu, obwohl sie nicht begriff, weshalb der

Wettbewerb diesen für sie so ungünstigen Verlauf genommen hatte. Noch im Vorjahr hatten sie deutlich gegen die Reiter von Blauenau gewonnen, und im Verlauf der letzten Monate waren Miss Dixie, Navarro, Asta und Tropic noch besser geworden. Sie sprangen höher und sicherer als vor einem Jahr. Aber das war nicht genug. Die Pferde vom Reiterhof Blauenau hatten noch größere Fortschritte gemacht und sprangen nun so, dass sie selbst den Ansprüchen der nächsthöheren Leistungsklasse genügt hätten.

Hatten die Wadendürrs das wirklich mit dem gleichen, pferdgerechten Training erreicht wie sie von Lindenhöhe? Oder war diese Leistungssteigerung nur möglich gewesen, weil sie verbotene Trainingsmethoden anwandten?

Die Startglocke ertönte, und Wendy, Bianca und Oliver eilten zu einer Lücke zwischen zwei Zelten hinüber, um Vanessa auf dem Parcours zuzusehen.

Wendys Cousine war ein Jahr älter als sie, zwischen den Mädchen gab es häufig Spannungen. Vanessas Eltern waren geschieden, und Vanessa litt darunter, dass sie ihren Vater so selten sah, der als Chirurg arbeitete. Sie neidete Wendy den Vater und die unkomplizierte Familie. Obwohl Vanessa recht arrogant sein konnte, mochte Wendy ihre Cousine, und sie war stets bemüht, die Spannungen abzubauen. Zu ihrem Bedauern gelang ihr das jedoch nicht immer.

Vanessa konnte recht schwierig sein.

„Es geht los“, rief Bianca, als Vanessa startete. „Daumen drücken!“

„Zu spät“, stöhnte Oliver, als Asta bereits am ersten Hindernis riss. „Das sind schon mal vier Fehlerpunkte!“

„Jetzt geht alles daneben“, befürchtete Wendy. „Ich mag gar nicht mehr hinsehen.“

Sie behielt Recht. Der erste Fehler hatte Vanessa und ihr Pferd unsicher gemacht. Asta riss an fünf Hindernissen.

„Vanessa Thorsteeg-Heldt – zwanzig Fehlerpunkte“, hallte es aus den Lautsprechern.

Vanessa war wie erstarrt, als sie den Parcours verließ. Nur mühsam hielt sie die Tränen zurück. Sie saß sehr gerade im Sattel und schien Wendy, Bianca und Oliver nicht zu bemerken. Neben Miss Dixie stieg sie ab.

„Tut mir Leid, Cousinchen“, sagte Wendy. Sie hatte einige Zeit gewartet, bis sie zu ihr gegangen war. Solange hatte Vanessa stumm neben Asta gestanden und die Stirn gegen den Sattel ihres Pferdes gedrückt.

Das dunkelhaarige Mädchen wischte sich mit einem Taschentuch die Augen ab und drehte sich dann um.

„Es war Betrug“, behauptete sie hitzig. „Direkt neben dem ersten Hindernis saß ein Zuschauer und hat fotografiert. Mit Blitzlicht! Das war Absicht, sage ich euch! Er hat Asta erschreckt. Kein Wunder, dass sie gerissen hat. Aber die Herren Schiedsrichter haben natürlich mal wieder nichts gesehen."

Wendy blickte sie erstaunt an. „Aber Vanessa", erwiderte sie. „Du irrst dich. Da war niemand. Das wäre uns doch aufgefallen."

„Natürlich", fauchte ihre Cousine sie an. „Ihr seid mal wieder gegen mich." Tränen schossen ihr in die Augen, sie gab Wendy schnell Astas Zügel und lief schluchzend davon. Wendy übernahm es, die Stute abzusatteln und liebevoll zu versorgen.

Rote Ohren

„Die vom Reiterhof Blauenau haben nicht nur voll gewonnen“, Oliver fasste das Ergebnis des Wettbewerbs zusammen, während er Asta einen Eimer mit Wasser hinstellte, „sie liegen mit vier Pferden vor uns. Alle vier sind fehlerfrei gegangen. Jetzt kommt ein Stechen, bei dem wir nicht beteiligt sind, sondern nur die Pferde von Blauenau. Das nennt man eine Packung!“

„Ich war total schlecht“, klagte Bianca. „So dumme Fehler habe ich schon lange nicht mehr gemacht. Ich schäme mich richtig. Ich weiß überhaupt nicht, was Mark von mir denkt.“

Wendy lachte und zog sie an sich.

„Blödsinn“, sagte sie. „Ganz egal, wie gut oder wie schlecht du warst. Wir haben doch nur teilgenommen, weil wir unseren Spaß haben, nicht aber, weil wir unbedingt gewinnen wollten.“

„Ich weiß“, erwiderte Bianca, und nun kullerten ein paar Tränen über ihre Wangen. Sie wischte sie rasch weg und drehte Oliver dabei den Rücken zu, damit er es nicht sah. „Trotzdem hätte ich besser sein müssen.“

„Noch besser als ich?“ Oliver lachte. Er boxte ihr freundschaftlich gegen die Schulter. „Na hör mal! Ich habe auch zwanzig Punkte. Mir ist lieber, dass wir zwei sind im Club der Zwanziger, als wenn ich ganz allein wäre mit so viel Miesen!“

Plötzlich tauchte Axel Wadendürr neben ihnen auf. Der dreizehnjährige Junge strich sich mit beiden Händen die vollen, dunklen Haare aus dem sonnengebräunten Gesicht.

„He, da ist ja der ganze Clan der Versager“, sagte er anzüglich. „Ihr habt wohl geglaubt, dass heute Eselreiten angesagt ist ... oder was sind das für Tiere, die ihr mitgebracht habt?“

Mit tief in den Hosentaschen versenkten Händen stolzierte er um Miss Dixie herum und musterte das edle Westernpferd. „Ist immerhin total mutig, mit so einem Gaul anzutreten“, sagte er großsprecherisch. „Ist das alles, was Lindenhöhe zu bieten hat, oder habt ihr da auch richtige Pferde?“

„Du kommst dir wohl ganz toll vor, was?“, fuhr Wendy ihn an. Zornig blitzte es in ihren blauen Augen auf.

„Kennst du den Tipp des Tages?“, fragte Oliver. Er ließ sich von dem überlegenen Gehabe des anderen nicht beeindrucken. Bevor Axel etwas erwidern konnte, beantwortete er seine Frage: „Er lautet: Spinne am Abend, denn am Tage könnte es auffallen.“

Axel Wadendürr blickte ihn irritiert an. Plötzlich sah er nicht mehr ganz so selbstbewusst aus wie zuvor. Wendy bemerkte, dass seine Unterlippe leicht zitterte und dass er ihren Blicken auswich. Sie kannte Axel seit mehr als einem Jahr und wusste, dass er ein guter Reiter war. Auch bei diesem Turnier gehörte er zu den besten vier, und er hatte gute Aussichten, das Stechen zu gewinnen. Seinem Vater gehörten das Gestüt und der Reiterhof Blauenau. Axel hatte eigentlich keinen Grund, unsicher zu sein und ihnen in dieser gehässigen Art gegenüberzutreten.

Wendy fragte sich, warum er sich so verhielt und was ihn unsicher machte. Gab es etwas, das die Blauenauer zu verbergen hatten? Sie musste an ihren Vater denken und an die Zweifel, die er geäußert hatte. Waren sie berechtigt? War es das schlechte Gewissen, das Axel belastete?

„Was ist?“ Axel sah Oliver an. „Hast du was?“

„Nur selten ruft ein Känguru so wie ein Rindvieh einfach – muh“, erwiderte Oliver mit ernstem Gesicht. Er wackelte mit dem Kopf und zog sich beide Ohren nach außen. „Was? Das ist auch zu schwierig für dich? Ich kann es dir auch anders erklären. Zum Beispiel so: Ich habe gehört, du machst große Fortschritte beim Reitunterricht. Dein Lehrer hatte vor Rührung Tränen in den Augen, als er dich im Sattel sah!“

Axel presste die Lippen zusammen und tippte sich mit dem Zeigefinger an die Schläfe. Aber gleichzeitig wurde er rot. Seine Lippen bewegten sich, aber er brachte keinen Laut hervor. Verlegen und unsicher sah er sich um.

In diesem Moment schien Unterstützung für ihn zu nahen; seine Schwester kam von einem der Zelte herüber, in denen Getränke ausgeschenkt wurden. Sie war ein schlankes, vierzehnjähriges Mädchen mit kurzen, schwarzen Haaren. „Was ist los?", fragte sie schnell.

„Nichts", erwiderte Wendy freundlich. Sie war Silke Wadendürr bei einem Besuch auf dem Reiterhof Blauenau begegnet, und sie hatte sie als nettes und bescheidenes Mädchen kennen gelernt, das sich aber sehr wohl durchzusetzen wusste. Sie gehörte neben ihrem ein Jahr jüngeren Bruder zu den vier Reitern, die den Sieg des Turniers unter sich ausmachten, weil sie als Einzige fehlerlos über die Hindernisse gekommen waren. „Axel ist nur mal vorbeigekommen, um sich unsere Pferde anzusehen."

„Und dann hat er nach seinen Verwandten gefragt", fügte Oliver ernsthaft hinzu. Er legte die Hand über die Augen, um sie gegen die Sonne abzuschirmen, und blickte sich suchend um. „Aber ich sehe sie nicht."

„Was für Verwandte?", fragte Silke verblüfft.

„Er hat irgendetwas von Eseln gesagt“, erwiderte Oliver. „Oder sollte ich mich verhört haben?“

Silke musterte ihren Bruder stirnrunzelnd, dann packte sie ihn mit der rechten Hand an der Schulter und bedeutete ihm mit der linken, dass er verschwinden solle. „Ich kann mir vorstellen, was er für Sprüche losgelassen hat“, sagte sie ärgerlich. „In letzter Zeit spinnt er ein bisschen!“

Axel zog den Kopf ein, vergrub die Hände in den Hosentaschen und entfernte sich widerspruchslos.

Wendy sah, dass seine Ohren feuerrot waren. „Wir wollen keinen Ärger“, erklärte sie. „Ihr habt gewonnen. Darüber sind wir zwar nicht froh, aber es ist nun mal so. Ihr wart eben besser als wir. Glückwunsch.“

„Danke“, erwiderte Silke kühl. Sie nickte Wendy zu und kehrte zu dem Zelt zurück, aus dem sie gekommen war.

„Hoffentlich steigt Axel nun nicht verkehrt herum auf sein Pferd, weil er denkt, dass es schon nach Hause geht“, sagte Oliver.

Bianca lachte.

Wendy aber sah mit einem Mal sehr nachdenklich aus.

„Der lässt sich nicht so bald wieder bei uns blicken“, vermutete Oliver. Grinsend versenkte er die Hände in die Hosentaschen und ahmte Axels unbeholfen wirkenden Gang nach.

Das sah so komisch aus, dass auch Wendy lachen musste. „Kommt", sagte sie. „Wir wollen uns die Blauenauer beim Stechen ansehen."

„Was? Auch das noch?", rief Oliver. „Erst braten sie uns einen über, sodass wir das Reiten schon aufgeben wollten, und dann sollen wir sie auch noch bewundern?"

Aber er weigerte sich nicht, sondern ging mit den beiden Mädchen zur Tribüne hinüber, von wo aus sie den Parcours am besten überblicken konnten. „Die Blauenauer haben auf der ganzen Linie gewonnen", stellte Wendy fest. „Das lässt sich nun mal nicht leugnen. Vielleicht können wir ihnen was abgucken, wenn wir ihnen zusehen. Beim nächsten Turnier in vier Wochen möchte ich jedenfalls nicht so schlecht abschneiden wie heute."

„Dann treten wir wieder gegen die Blauenauer an?", stöhnte Oliver. „O weia, dann gibt es wieder eins auf die Nuss!"

Was ist mit Wolga los?

Das Springen war vorbei, und Silke Wadendürr, ihr Bruder Axel und zwei andere Jungen vom Reiterhof Blauenau hatten den Sieg unter sich ausgemacht.

„Ihr müsst zugeben, dass Silke wirklich gut war", sagte Oliver, als er mit Bianca und Vanessa zwischen den am Rande des Parcours aufgestellten Zelten stand und zusammen mit vielen anderen Zuschauern auf die Siegerehrung wartete.

„Tun wir ja", erwiderte Vanessa widerwillig, „aber lieber wäre mir gewesen, wenn wir gewonnen hätten. Wir sind besser als sie. Und das wissen wir alle!"

Oliver lächelte heimlich. Wendys Cousine würde nie einsehen, dass sie keine gute Reiterin war. Sie war ein schlankes, zierliches Mädchen mit dunklen Haaren und ebenso dunklen, ausdrucksvollen Augen – heimlich bewunderte Oliver sie. Meistens verstanden sie sich gut mit ihr, doch gab es immer wieder kleine Auseinandersetzungen zwischen ihnen, wenn sie gar zu eingebildet wurde, oder wenn sie – wie bei diesem Turnier – ihre eigene Leistungsfähigkeit falsch einstufte.

„Wo ist Wendy eigentlich?", fragte Bianca, bevor

Oliver etwas auf Vanessas Bemerkung erwidern konnte. Suchend blickte sie sich um; dann stellte sie überrascht fest, dass ihre Freundin bei den Pferden vom Reiterhof Blauenau war. Sie machte Oliver und Vanessa darauf aufmerksam.

„Sie ist bei Wolga“, sagte Oliver erstaunt.

Sie verließen ihren Platz bei den Zelten und gingen zu Wendy hinüber. Wieder sahen sie die rothaarige Frau. Sie stand neben einem der Zelte mit zwei Männern zusammen, die lange, grüne Lodenmäntel trugen. Die Frau war blass, und ihre hellen Augen sprühten vor Zorn. Heftig sprach sie auf den kleineren der beiden Männer ein, dämpfte ihre Stimme jedoch so, dass niemand außer den Männern verstehen konnte, was sie sagte.

„Gleich fährt sie dem Dicken mit ihren Krallen ins Gesicht“, kommentierte Oliver. Er blieb kurz stehen und beobachtete, wie die junge Frau sichtlich erregt den Platz verließ und zum Parkplatz hinübereilte. Sie tat ihm Leid. Er hatte irgendwie den Eindruck, dass ihr Unrecht geschehen war.

„Was ist los?“, fragte Vanessa, als sie zu Wendy kamen. „Wir haben gar nicht gemerkt, dass du weggegangen bist.“

„Stimmt etwas nicht mit Wolga?“ Ängstlich, wie Bianca oft war, hätte sie Wendy am liebsten von den Pferden ihrer Konkurrenten weggezogen. Sie war sicher, dass es dem Besitzer von Blauenau und seinen Kindern nicht recht war, wenn sie sich ihre Pferde allzu genau ansahen. „Lass es lieber. Wenn irgendetwas nicht stimmt, hängt Wadendürr es uns noch an."

„Was ist mit Wolga?", fragte Vanessa noch einmal.

„Ich weiß nicht", erwiderte Wendy zögernd. Sie reichte der schönen Schimmelstute ein Stück Pferdelecker. „Sie ist irgendwie verändert. Sie wirkt unsicher und verängstigt. Jedenfalls ist sie anders als sonst."

Wendy kannte Wolga sehr gut. Sie hatte bei ihrer Ausbildung mitgeholfen, und als ihr Vater die Stute an Blauenau verkauft hatte, war ihr die Trennung von dem Tier sehr schwer gefallen.

„Ich finde, sie sieht gut aus", stellte Vanessa fest, nachdem sie um das Pferd herumgegangen war und es von allen Seiten betrachtet hatte. „Jedenfalls hat sie keine Verletzungen."

„Na, das fehlte auch noch!", sagte Wendy. „Aber du hast Recht, zu erkennen ist nichts. Trotzdem ist etwas anders als sonst. Wenn ich nur wüsste, was es ist!"

Sie fand, dass Wolgas Augen nicht mehr so klar und lebhaft waren wie noch vor einem Jahr, und wenn sie die Stute berührte, zuckte diese zurück. Zweifellos erkannte das Pferd sie wieder, doch das Vertrauen, das es vor einem Jahr zu Wendy gehabt hatte, war nicht mehr da. Lag es daran, dass inzwischen einige Zeit vergangen war? Oder war etwas anderes geschehen?

Die beiden Männer in den langen, grünen Lodenmänteln kamen zu ihnen. Es waren die beiden, die Oliver bei ihrem Streit mit der rothaarigen Frau beobachtet hatte. Noch jetzt zeichnete sich in ihren Gesichtern die Erregung und der nachklingende Ärger ab, so als hätten sie ihren Streit fortgesetzt, nachdem die Frau fortgegangen war.

„Ich hoffe, ihr habt unsere Pferde ausreichend bewundert“, sagte einer von ihnen mit heiser klingender Stimme.

Wendy blickte ihn erstaunt an. „Tag, Herr Pieske“, sagte sie.

Der so Angesprochene war der Pferdewirt vom Gestüt Blauenau, ein hoch gewachsener magerer Mann. Mit stechenden Augen sah er das blonde Mädchen an. Barsch sagte er zu den jungen Leuten: „Verschwindet!“

Der andere Mann war kleiner, er zog die Aufmerksamkeit aller aber gleich auf sich. Etwas Kaltes, deutlich Unsympathisches ging von ihm aus, als er die Freunde ansah. Mit dunklen, ausdruckslosen Augen beobachtete er die vier vom Reiterhof Lindenhöhe, als habe er Grund, um Sicherheit und Gesundheit der Pferde zu fürchten.

Wendy warf Oliver einen bedeutsamen Blick zu, und Oliver verzichtete auf eine Bemerkung, über die der Pferdewirt und sein Begleiter sich sicher nicht gefreut hätten. Es fiel ihm schwer, die Grobheiten so ohne weiteres hinzunehmen. Doch er verkniff sich die Worte, die er allzu gern von sich gegeben hätte.

„Wir gehen ja schon", erwiderte Bianca. „Wir wollten nur mal eben Wolga begrüßen."

„Das habt ihr nun ja getan." Der Pferdewirt stellte sich zwischen sie und die Stute. „Und jetzt reicht es. Wenn ihr gelernt habt, richtig mit Pferden umzugehen, könnt ihr wieder kommen!"

Diese Bemerkung verschlug Wendy den Atem. Pieske wusste genau, dass sie einiges von Pferden verstand und dass sie eine gute und sensible Ausbilderin war. Sie erinnerte sich noch gut daran, wie zufrieden er gewesen war, als ihr Vater ihm die Stute vor einem Jahr auf Lindenhöhe vorgestellt hatte. Sollte er das wirklich vergessen haben? Oder hatte Wolga sich im Verlauf des Jahres so verändert, dass er sich über sie geärgert hatte?

Was haben die mit der Stute gemacht?, dachte Wendy beklommen. Aber sie zuckte mit den Achseln, als sei sie nicht weiter an der Stute interessiert, gab ihren Freunden einen Wink und schlenderte mit ihnen davon.

„Bianca, warum hast du dich bei diesem Ekel entschuldigt?", fragte Oliver, als sie wieder bei den Zelten standen und die Siegerehrung beobachteten.

„Warum nicht?", entgegnete Bianca. „Das finde ich klüger, als mit ihm zu streiten."

„Das meine ich auch", Wendy gab ihr Recht.

„Wer war eigentlich der andere?" Vanessa blickte voller Unbehagen zu den beiden Männern hinüber, die noch immer bei Wolga standen. „Irgendwie kommt er mir bekannt vor."

„Ich weiß nicht", erwiderte Wendy unbehaglich. „Aber du hast Recht. Er erinnert mich auch an jemanden."

„Ein unangenehmer Kerl", stellte Oliver fest. „Am liebsten hätte ich dem Langen eine passende Antwort gegeben."

„Gut, dass ihr den Mund gehalten habt!" Wendy fuhr sich erleichtert durch das widerspenstige Haar. „Immerhin will Papa einige Pferde an Blauenau verkaufen, und da hat er es mit Pieske zu tun. Ärger mit dem können wir nicht gebrauchen. Ich werde aber noch mal mit Papa reden. Er war irgendwie unsicher. Vielleicht sollte er Blauenau gar keine Pferde mehr verkaufen!"

„Das würde ich mir wirklich überlegen, wenn ich dein Vater wäre", bemerkte Oliver.

„Aber er muss Pferde verkaufen", erwiderte Wendy. „Das ist ganz wichtig für uns, weil wir den

Reiterhof sonst nicht halten können. Wir müssen Geld verdienen, um alles bezahlen zu können."

Völlig überraschend für ihre Eltern hatte es Schwierigkeiten mit dem Reiterhof Lindenhöhe gegeben. Die Baubehörde verlangte plötzlich einige Umbauten an den beiden Reithallen und den Stallungen, die sehr viel Geld kosteten. Gunnar Thorsteeg hatte seiner Tochter zu erklären versucht, warum die Behörde diese Forderungen stellte, aber Wendy hatte es nicht einsehen wollen.

„Klar", stimmte Oliver zu. „Aber die Pferde müssen ja nicht unbedingt nach Blauenau gehen. Es gibt so viel bessere Möglichkeiten!"

„Halt du dich da lieber raus! Du hast doch keine Ahnung", rief Vanessa. Sie stieg auf ihre Holsteinerin Asta. „Was haltet ihr davon, wenn wir die Pferde nicht mit dem Transporter nach Lindenhöhe bringen, sondern mit ihnen am Strand zurückreiten?"

„Endlich mal ein vernünftiger Vorschlag von dir", bemerkte Oliver.

„Aber das dauert Stunden", gab Bianca zu bedenken. „Dann sind wir vor zehn nicht zu Haus. Meine Eltern wissen nicht, dass ich so spät komme, und außerdem ..."

„Sei doch nicht immer so ängstlich!" Lachend unterbrach Wendy ihre Freundin. „Das lässt sich alles regeln. Mein Vater ruft bei euch zu Hause an, und schon ist alles klar. Ich jedenfalls hätte große Lust, am Wasser entlangzureiten."

„Aber es geht nicht überall", wandte Bianca ein.

„Hin und wieder müssen wir hinter den Dünen bleiben. Na und?" Wendy sah die Freundin an.

Bianca gab nach und überließ Wendy die Initiative. Sie selbst traute es sich nicht zu, alles in die Hand zu nehmen. Daher blieb sie bei Oliver, Vanessa und den Pferden, während Wendy zu ihrem Vater ging und ihm sagte, welchen Plan sie hatten. Sie kam schon bald zurück.

„Alles klar", rief sie. „Wir können starten."

Bianca waren noch einige Schwierigkeiten eingefallen, auf die sie ihre Freunde gerne aufmerksam gemacht hätte, doch Wendy lachte nur. Sie ging zu Miss Dixie, und sie verließen die Stätte ihrer Niederlage.

Eine Niederlage tut eben doch weh

Die Wellen rollten rauschend an den Strand. Möwen glitten mit nahezu unbewegten Schwingen über Wendy und ihre Freunde hinweg, und von See her wehte eine stete Brise. Sie führte warme Luft heran, und am Wasser hielten sich nur wenige Badegäste auf. Eigentlich war alles so schön, wie sie es sich erhofft hatten, und doch wollte die fröhliche Stimmung nicht aufkommen, die sie sonst beflügelte, wenn sie am Ostseestrand entlangritten.

Die Niederlage, die sie hatten hinnehmen müssen, tat eben doch weh.

„Wenn wenigstens einer von uns auf einem der ersten vier Plätze gelandet wäre", sagte Bianca traurig, „dann wäre es nicht ganz so entmutigend gewesen. Aber so?"

Sie drückte aus, was die anderen empfanden. Mit großen Hoffnungen waren sie ins Turnier gegangen, und nun war alles ganz anders gekommen, als sie erwartet hatten. Die Niederlage selbst war es eigentlich gar nicht, aber die Gründe verstanden sie nicht. Sie hatten doch so fleißig trainiert!

„Das nächste Mal bin ich nicht dabei", erklärte

Vanessa energisch. „Für mich war das ganze Turnier daneben."

„Unsinn", rief Oliver. „Alles ist nur eine Frage der Konzentration und der Harmonie! Gerade beim Springen. Ich hätte wesentlich besser abschneiden können."

Vanessa lachte. „Was, du?"

„Ja, ich", erwiderte er mit ernstem Gesicht. „Wenn ich auf ein Hindernis zureite, gibt mein Kopf meinem Körper den Befehl: Treiben! Dann weit nach vorn tragen lassen! Navarro nicht mit den Zügeln hochreißen. Die Hand soll nur locker Fühlung halten mit dem Pferdemaul. Immer meinen Schwerpunkt vor den meines Pferdes bringen!"

„Und dann?", fragte Vanessa.

„Dann?" Oliver zögerte, als müsse er überlegen. „Dann fragt mein Körper: wer? Ich?"

Wendy und Bianca lachten, Vanessa aber trieb Asta ärgerlich voran. Sie lenkte die Holsteiner-Stute ins flache Wasser und trabte durch die auslaufenden Wellen.

„Sie fällt immer wieder auf deine dummen Sprüche herein", rief Bianca.

In den Augen des Jungen blitzte es auf, und Wendy wusste, dass er früher oder später versuchen würde, auch Bianca aufs Glatteis zu führen.

Miss Dixie wurde es offenbar zu langweilig. Sie

ging schneller und suchte nun den Weg zum Wasser; Wendy ließ sie gewähren. Sie trieb die Pintostute an, um Vanessas Vorsprung nicht allzu groß werden zu lassen.

Wendy musste an die Worte ihres Vaters denken. Zweifelte er wirklich daran, dass die Pferde auf dem Gestüt Blauenau gut behandelt wurden? Oder vermutete er, dass sie mit verbotenen und quälerischen Methoden zu Höchstleistungen angetrieben wurden? Zögerte er deshalb den bevorstehenden Verkauf seiner Pferde hinaus?

„Das kann ich mir nicht vorstellen", sagte Bianca, als Wendy ihr etwas später davon erzählte. „Blauenau hat einen guten Ruf, und das wäre doch nicht so, wenn sie die Pferde dort quälen würden!"

Sie ritt neben Wendy. Oliver und Vanessa waren vor ihnen. Sie mussten den Strand für einige hundert Meter verlassen und auf einen Feldweg hinter den Dünen ausweichen. Es war wegen des Kurbetriebs verboten, weiter am Wasser zu bleiben.

„Ich finde, wir müssten das irgendwie herausfinden", Wendy überlegte. „Es ist sehr wichtig!"

„Allerdings!" Bianca nickte. „Und dann? Nehmen wir an, auf Blauenau ist wirklich etwas nicht in Ordnung? Was machen wir dann?"

„Dann darf mein Vater keine Pferde mehr dorthin verkaufen. Ist doch klar. Außerdem wird es eine Untersuchung geben, das verspreche ich dir!" Wendy legte sich ein wenig im Sattel nach hinten, als sie den höchsten Punkt in den Dünen erreicht hatten. Miss Dixie blieb sofort stehen. Lange blickten sie über das Land. Gleich hinter den Dünen dehnte sich die silbern glitzernde Fläche eines großen Sees. Eine Schar Enten stob verschreckt auf, als Vanessa und Oliver hinter einigen Büschen auftauchten und am Ufer des Gewässers entlangritten.

„Nein", fuhr Wendy energisch fort. „Wenn die Wadendürrs Tierquäler sind, werden sie von uns keine Pferde bekommen. Und die Sache wird Konsequenzen haben!"

Sie wussten alle, dass es verschiedene Methoden gab, mit denen man Pferde dazu bringen konnte, besonders hoch über Hindernisse zu springen. Dazu gehörte unter anderem das offiziell verbotene Barren, bei dem ein neben der Reitbahn versteckter Helfer dem Pferd in dem Augenblick mit einer Stange gegen die Beine schlug, in dem es über das Hindernis springen sollte. Dabei fügte er dem Pferd Schmerzen zu. Um diese Schmerzen zu vermeiden, nahm das Pferd dann beim nächsten Sprung die Beine höher. Das war brutale Tierquälerei, aber es wurde gemacht, auch von den bekanntesten Reitern.

Hatten die Jungen und Mädchen vom Reiterhof Blauenau das Springen nur deshalb gewonnen, weil ihre Pferde mit solchen tierquälerischen Methoden trainiert worden waren? Es würde Wolgas verstörtes Verhalten erklären.

Vanessa hatte sich nicht gescheut, sofort nach ihrer Niederlage derartige Vorwürfe zu äußern.

Wendy wehrte sich noch gegen diesen Gedanken. Sie wusste, dass es Reiter gab, die rücksichtslos buchstäblich alles versuchten, um ihre Pferde zu Höchstleistungen zu treiben, dennoch konnte und wollte sie sich nicht vorstellen, dass so etwas mit Pferden gemacht wurde, die sie kannte und liebte, von Menschen in der Nachbarschaft, denen sie bis jetzt vertraut hatte.

Wendy hatte sich viel mit Wolga beschäftigt. Sie hatte die Stute schon gekannt, als diese noch ein Fohlen gewesen war, und von Anfang an hatte sie Wolgas Vertrauen gehabt. Sie erinnerte sich gut daran, wie willig Wolga ihr gefolgt war, wie viel Freude es gemacht hatte, sie auszubilden. Ihr Auge war immer lebhaft und klar gewesen, ganz anders als jetzt. Lag das wirklich daran, dass Wolga gequält worden war?

Wendy war, als tue man ihr selbst weh, als sie sich vorstellte, irgendjemand schlage der schönen Schimmelstute oder einem anderen Pferd mit einer Stange gegen die Beine.

„Wozu machen sie das eigentlich?“, fragte Bianca.

„Ich meine, die barren die Pferde doch nicht, um so ein kleines Turnier zu gewinnen wie das heute!"

Wendy schüttelte den Kopf. „Natürlich nicht", erwiderte sie bitter. „Es geht um Geld. Wenn solche Dinge passieren, geht es immer nur um Geld."

„Ja, schon", sagte ihre Freundin. „Aber auf so einem Turnier kann man doch gar kein Geld gewinnen. Und für die großen Turniere sind die Pferde von Blauenau noch lange nicht gut genug."

„Das meinte ich auch nicht", erklärte Wendy. „Wadendürr bildet die Pferde zu Springpferden aus, um sie ehrgeizigen Reitern zu verkaufen, die auf solchen Turnieren glänzen wollen. Und je besser die Pferde springen, desto höher sind die Verkaufspreise."

Bianca blickte sie erstaunt an. „Und warum macht dein Vater das nicht?"

„Er hat mehr als genug mit dem Reiterhof zu tun. Dafür fehlt uns die Zeit. Und Lindenhöhe soll so bleiben, wie es ist – der schönste Reiterhof weit und breit, aber kein Betrieb, auf dem es nur um den sportlichen Ehrgeiz geht."

Bianca nickte. Sie blickte auf den See und die bewaldeten Hügel in der Ferne. Auf Lindenhöhe war die Sorge um das Wohl der Pferde am wichtigsten. Die Thorsteegs liebten ihre Tiere.

Wendy trieb ihr Westernpferd an. Sie ritt zum See

hinunter und folgte Oliver und Vanessa, die bereits einen großen Vorsprung gewonnen hatten.

Sie würde herausfinden, was mit Wolga geschehen war!, dachte Wendy grimmig. Sie würde alles tun, um zu verhindern, dass irgendwo Pferde gequält wurden. Und ihre Eltern auch, das wusste sie.

Wendy und Bianca waren so in ihre Gedanken über das Gestüt Blauenau vertieft, dass ihnen das seltsame Verhalten von Vanessa und Oliver erst auffiel, als sie schon ganz nahe bei ihnen waren.

Vanessa war abgestiegen und hatte sich mit Asta und Olivers Rappen Navarro bis an die Dünen zurückgezogen, während der Junge sich sichtlich erregt für etwas interessierte, das sich in einigen dicht beieinander stehenden Büschen befand.

„Was ist denn mit Vanessa?", fragte Bianca erstaunt. „Sie sieht ja so erschrocken aus!"

Wendy begriff, dass etwas passiert sein musste. Sie schwang sich aus dem Sattel und gab ihrer Freundin die Zügel von Miss Dixie. Dann eilte sie zu Oliver.

„Was ist los?", rief sie.

„Ein Pferd. Es ist krank." Er zeigte ins Gebüsch. „Ich weiß nicht, was es hat!"

Er bog ein paar Zweige zur Seite, sodass Wendy das Pferd sehen konnte. Es lag auf der Seite und litt offensichtlich unter Atemnot. Aus seinem Maul floss Speichel.

„Es könnte Giftpflanzen gefressen haben", vermutete Wendy. „Wir müssen sofort den Tierarzt holen." Sie rannte zu ihrem Westernpferd, und als sie in den Sattel sprang, hatte sie bereits einen Entschluss gefasst.

„Ihr bleibt hier", rief sie Oliver und den beiden Mädchen zu. „Ich reite zum Forsthaus! Dort ist das nächste Telefon, von dem aus ich Doktor Packmoor anrufen kann. Er muss sofort kommen. Seht ihr euch inzwischen um. Wenn es hier irgendwo Giftpflanzen gibt, müsstet ihr eigentlich sehen können, ob das Pferd davon gefressen hat."

„Soll ich nicht lieber mitkommen?", fragte Vanessa, doch Wendy hörte schon nicht mehr. Sie trieb ihr Pferd an, sie wollte so schnell wie möglich zum Forsthaus. Es war nicht weit bis dorthin. Ein von Hecken begrenzter Weg führte über die Felder zu dem Wald hinüber, in dem sich das Haus des Försters befand.

Wendy war entsetzt über den Vorfall. Sie hatte gesehen, wie mager und erschöpft das Pferd gewesen war. Normalerweise schützte ihr Instinkt Pferde davor, für sie giftige Pflanzen zu fressen. Doch wenn sie aufgeregt oder erschöpft waren, konnte es schon einmal geschehen, dass sie sie dennoch zu sich nahmen. Das schien hier der Fall gewesen zu sein.

Aber warum war das Pferd so entkräftet? Und von wo war es fortgelaufen? Wem gehörte es?

Als Wendy den Waldrand erreichte, sah sie den Förster. Felix Erpelmann hielt mit seinem Geländewagen auf einem Waldweg und blickte aufmerksam durch sein Fernglas. Als er das Hufgetrappel hörte, ließ er das Glas sinken, und als er Wendy erkannte, glitt ein Lächeln über sein Gesicht. Grüßend hob der gutmütige alte Mann die Hand.

„Herr Erpelmann, ich muss unbedingt bei Ihnen telefonieren", rief Wendy ihm schon von weitem zu. „Da hinten liegt ein Pferd! Doktor Packmoor muss ihm helfen. Ist jemand bei Ihnen im Haus?"

Der Förster nickte. „Nun mal nicht so aufgeregt, junge Dame", sagte er beruhigend. Wendy parierte ihr Pferd, das den scharfen Ritt ohne große Anzeichen der Anstrengung überstanden hatte. Temperamentvoll tänzelte die Stute, als könne sie nicht erwarten, dass es weiterging.

„Aber es ist wichtig", beharrte Wendy. „Bitte, darf ich bei Ihnen schnell telefonieren? Ist Ihre Frau da?"

Felix Erpelmann öffnete die Tür seines Geländewagens und griff nach dem Hörer des Autotelefons.

„Doktor Packmoor?" Er tippte eine Telefonnummer in die Tastatur, und während er darauf wartete, dass sich der Tierarzt meldete, sah er Wendy forschend an. Was war geschehen?

Wendy stieg aus dem Sattel und kam zu ihm. Mit gespreizten Fingern fuhr sie sich durch das wirre blonde Haar. Ihre Frisur war einfach immer unordentlich, wie Mama sagte. „Ich hatte total vergessen, dass Sie ein Telefon im Wagen haben", stöhnte Wendy. Als sie noch mehr sagen wollte, hob der Förster abwehrend die Hand.

„Doktor Packmoor?" Er sprach lauter als nötig ins Telefon, als wolle er die Entfernung zu dem Tierarzt auch ohne dieses Gerät allein mit seiner Stimme überwinden. „Erpelmann. Ich habe hier jemanden, der Sie unbedingt sprechen muss." Er hielt Wendy den Hörer hin.

Ein trauriger Tag geht zu Ende

Es war schon fast zehn an diesem warmen Sommerabend, als Dr. Packmoor mit seinem alten Wagen auf den Reiterhof Lindenhöhe fuhr. Wendy, Vanessa, Oliver und Bianca waren die Einzigen, die sich zu so später Stunde noch vor den Stallungen aufhielten. Bei ihnen war der hübsche Mischlingshund Wuschel. Er lag träge neben einer Stalltür, hatte den Kopf auf den ausgestreckten Pfoten liegen und öffnete kaum die Augen, als sich der Tierarzt näherte.

Aus dem Reiterstübchen, dem gemütlichen Restaurant gegenüber den Stallungen, kam ein später Gast; er setzte sich in seinen Wagen und fuhr davon. Am Ententeich machten die Frösche lautstark auf sich aufmerksam, wohl wissend, dass sich die Störche zu dieser Zeit auf dem reetgedeckten Haupthaus des Reiterhofs ausruhten und kein Interesse mehr an ihnen hatten.

Oliver und die drei Mädchen waren erst vor wenigen Minuten auf den Hof zurückgekehrt. Sie waren dabei, ihre Pferde zu versorgen. Sie untersuchten die Hufe, um sich zu vergewissern, dass sich die Tiere keine Fremdkörper eingetreten oder Schäden an den

Hufen hatten, wischten die Sattellage mit einem in kaltem Wasser ausgedrückten Schwamm ab, spritzten Bauch und Beine der Pferde sorgsam mit dem Schlauch ab und wuschen danach die Beine zusätzlich mit einem Schwamm, um das Salz zu entfernen, das sich dort beim Ritt durch das Ostseewasser festgesetzt hatte.

Als der Tierarzt zu ihnen trat, unterbrachen sie ihre Arbeit.

„Wie geht es dem Pferd?“, fragte Wendy ängstlich. Sie sah, wie ernst Dr. Packmoor war, und sie spürte plötzlich, wie ihr die Kehle eng wurde. Sie sah das Pferd wieder vor sich, wie es im Gebüsch lag und litt, und sie ahnte, dass der Arzt schlechte Nachrichten für sie hatte.

Dr. Waldus Packmoor war ein kleiner, grauhaariger Mann. Sein faltiges Gesicht war beinahe so zerknittert wie sein alter Pepita-Hut. Dr. Packmoor war Tierarzt aus Leidenschaft. Er tat alles für seine vierbeinigen Patienten, und er kam auch abends und nachts, wenn es auf Lindenhöhe einen Notfall gab.

„Schlecht“, antwortete er jetzt. „Ich habe alles versucht. Erst da draußen in der Feldmark und jetzt hier.“

„Es ist bei uns?“ Wendy staunte. „Aber davon haben wir ja gar nichts gewusst.“

„Ein Bauer hat mir geholfen, es hierher zu bringen", berichtete der alte Tierarzt. „Es steht in der Box neben der Garage. Nun müssen wir die nächsten Stunden abwarten. Danach wird sich zeigen, ob es durchkommt. Leider weiß ich noch immer nicht, welches Gift es zu sich genommen hat. Wir wissen auch bis jetzt nicht, wem das Tier gehört!"

„Wir haben alles abgesucht", beteuerte Vanessa. „Wir haben die ganze Gegend hinter den Dünen untersucht, aber da waren gar keine giftigen Pflanzen!"

„Das ist richtig", bestätigte er. „Ich habe auch keine gefunden."

„Aber womit hat es sich dann vergiftet?", fragte Bianca mit stockender Stimme.

„Das weiß ich noch nicht", erwiderte Dr. Packmoor. Er stopfte sich umständlich die Pfeife und zündete sie paffend an. Der Rauch stieg ihm in die Augen, und er blinzelte. Mit der Hand vertrieb er die Rauchwolken. „Wir wissen noch nicht einmal, welchen Weg das Pferd genommen hat, bis es zu den Dünen kam. In der Gegend gibt es Eiben, Tollkirsche, Herbstzeitlose, den Schierling, Bilsenkraut und noch einiges andere. All das kann unser Patient gefressen haben."

„Normalerweise fressen Pferde solche Pflanzen aber nicht", bemerkte Wendy. „Sie schmecken ihnen nicht."

„Und warum hat es dieses Pferd getan?", wollte Vanessa wissen. Sie unterbrach ihre Arbeit nicht. Sie verwendete das Schweißmesser, um die Nässe möglichst gründlich aus Astas Fell zu entfernen, und rieb dann mit Stroh und trockenen Tüchern nach.

„Das ist die Frage, die mich auch am meisten beschäftigt hat", erklärte der Tierarzt, und nun wurden die Falten in seinem Gesicht noch ein wenig tiefer. „Ich habe das Tier eingehend untersucht. Es hat zahlreiche Verletzungen an den Beinen und am Maul."

„Und das bedeutet?" Oliver legte Striegel und Kardätsche weg, mit denen er Staub und Schmutz aus dem Fell von Navarro entfernt hatte. Alle waren ernst geworden.

„Das Pferd ist gebarrt worden", erklärte der alte Mann ernst, der sich mit Tieren auskannte wie kaum ein anderer. „Es hat Verletzungen von scharfen Sporen, und es wurde mit scharfer Kandare geritten."

Entsetzt starrten sich die Freunde an.

Wendy schüttelte den Kopf. „Das kann ich mir nicht denken, Doktor", meldete sie ihre Zweifel an. „Das Pferd sieht nicht gut aus. Es ist mager und geschwächt. Das ist kein Springpferd!"

Dr. Packmoor schob sich den zerknautschten Hut so weit nach vorn, bis er kaum noch darunter hervorschauen konnte. Er zog an seiner Pfeife und schien sich nur noch dafür zu interessieren, wie die Pferde versorgt wurden. Er hatte nichts zu bemängeln. Wendys Bemerkung schien er überhört zu haben.

Er ging zu Navarro und sah sich seine Fesseln an. Dann begutachtete er der Reihe nach Miss Dixie, Asta und Tropic.

„Tja“, seufzte er schließlich. „Das habe ich zunächst auch gedacht. Aber es gibt keine andere Möglichkeit. Es ist ein Springpferd gewesen, doch es wurde beim Training so gequält, dass es am Ende den Gehorsam verweigert hat. Danach war es für Turniere nicht mehr einzusetzen, und niemand hat sich mehr um das Tier gekümmert. Irgendwann muss es fortgelaufen sein, es war total vernachlässigt. Vielleicht ist es schon länger in der Gegend herumgeirrt. Ich weiß es nicht. Aber es ist eine sehr traurige Geschichte!“

„Sind die Wunden schon verheilt?“, fragte Wendy.

„Noch nicht ganz“, erwiderte er. „Es muss also schon einige Zeit vergangen sein, nachdem es geschlagen wurde. Jedenfalls glaube ich, dass die schlechte Behandlung das Pferd ruiniert hat.“

Erschüttert blickten die jungen Leute den Arzt an. Sie liebten Pferde über alles. Niemand von ihnen konnte sich vorstellen, dass irgendjemand seine Pferde so quälte. Sie waren ehrgeizig in ihrem Sport, aber keiner von ihnen wäre auf den Gedanken gekommen, den Pferden wehzutun, nur um sie zu höheren Leistungen zu zwingen. Keiner von ihnen hätte es übers Herz gebracht, ihnen Balken an die Beine zu schlagen, um sie dazu zu bringen, dass sie höher sprangen.

„Reiterhof Blauenau“, platzte Vanessa heraus. „Das Pferd ist von Blauenau weggelaufen! Dort wird gebarrt! Ich weiß es genau. Die Wadendürrs sind die Tierquäler!“ Sie war außer sich.

„Langsam, langsam“, wehrte Dr. Packmoor ab. „Das darf man nicht einfach behaupten, wenn man keine Beweise hat. Achim Wadendürr hat einen guten Ruf als Züchter, und er kann sehr unangenehm werden, wenn man versucht, ihm etwas anzuhängen.“

„Wenn es aber doch so ist?“, beharrte Vanessa.

„Ich kann dich nur warnen, Vanessa. Wadendürr ist Geschäftsmann, und wenn es um seine Geschäfte geht, kennt er keine Rücksicht. Dann kann er wirklich gefährlich werden. Also – legt euch nicht mit dem an. Ihr könntet alles nur noch schlimmer machen. Wir brauchen Beweise!“

„Haben Sie Angst vor Wadendürr? Ich nicht! Ich bin nicht feig!“, erklärte Vanessa hitzig.

„Das glaube ich dir sogar“, erwiderte der Tierarzt. „Dieses Pferd ist fortgelaufen, aber es ist mehr als unwahrscheinlich, dass es von Blauenau gekommen ist. Der Reiterhof ist viel zu weit entfernt.“ Dr. Packmoor starrte nachdenklich in die Ferne. Automatisch glättete er Navarros Mähne. Endlich schüttelte er bedächtig den Kopf. „Nein, ich glaube eher, dass dieses Tier von einem der kleinen Bauernhöfe in der Nachbarschaft stammt."

Vanessa zuckte mit den Achseln und ging um Asta herum. Aufmerksam blickte sie die Stute an, um festzustellen, ob sie bei ihrer Pflege nichts vergessen hatte.

Dr. Packmoor sagte ernst: „Ich kann euch nur einen Rat geben! Sucht Beweise, ehe ihr den Züchtern hier in der Gegend etwas vorwerft. Diese Leute haben oft viel Macht und Einfluss. Im Übrigen: Solange ich nicht weiß, welches Gift das Pferd zu sich genommen hat, rate ich euch zur Vorsicht. Lasst eure Pferde nicht wahllos weiden, wo ihr gerade seid."

„Asta würde niemals Gift fressen", behauptete Vanessa, und ihr Ton machte deutlich, dass sie die Warnung des Tierarztes für überflüssig hielt. Sie führte ihr Pferd in den Stall. Sie war offensichtlich nicht daran interessiert, sich noch weitere Ermahnungen anzuhören.

„Haltet die Augen offen", mahnte der Arzt. „Es müssen nicht unbedingt Pflanzen gewesen sein, die das Pferd vergiftet haben. Heutzutage muss man auch mit Umweltgift rechnen, und das an Stellen, an denen es niemand vermutet."

„Wir werden vorsichtig sein“, versprach Wendy. Sie rieb das Fell ihrer Pintostute mit einem weichen Wolllappen nach, um den Putz abzuschließen und Schmutz- und Staubreste wegzunehmen, die beim Bürsten herumgewirbelt waren und noch auf dem Fell hafteten.

„Glauben Sie, dass Herr Wadendürr Papa schaden kann?“, fragte sie, nachdem sie eine Weile über das nachgedacht hatte, was Dr. Packmoor gesagt hatte.

Der alte Mann blickte sie ernst an und wandte sich dann schweigend ab. Seine Haltung verriet, dass er sich Sorgen machte. Er ging zu dem reetgedeckten Haupthaus des Reiterhofs hinüber und verschwand im Büro.

Oliver war ernst. „Ein wahrhaft trauriger Tag. Erst der Verdacht auf dem Turnier und nun dies. Ich wünschte, wir hätten auf das Turnier verzichtet und wären auf Lindenhöhe geblieben.“

Wendy streichelte die Mähne ihres Pferdes, sie stellte befriedigt fest, dass sie Miss Dixie gut versorgt hatte.

Vanessa kam aus dem Stall. Sie hockte sich neben Wuschel hin und kraulte ihn hinter den Ohren, was ihm sichtlich gefiel. „Ihr könnt sagen, was ihr wollt“, sagte sie mit Nachdruck. „Ich bin fest davon überzeugt, dass es Wadendürr ist, der die Pferde quält.“

„Du ärgerst dich ja nur, dass die Pferde von

Blauenau besser als unsere waren", erwiderte Oliver. Er ärgerte Vanessa gern.

„Paah!" Wendys Cousine schürzte die Lippen. „Ihr redet und redet, aber wenn es darum geht, wirklich etwas zu tun, dann kneift ihr."

Wendy führte Miss Dixie in den Stall. „Was hast du vor?", fragte sie, als sie an Vanessa vorbeiging. Sie wusste, dass ihre Cousine etwas plante.

„Ich werde mich mal auf Blauenau umsehen", Vanessa blickte zum Teich hinüber. Ein paar Enten flogen ein; sie streckten ihre Füße aus, glitten ein Stück übers Wasser und schwammen dann so ruhig dahin, als sei ihnen die perfekte Landung gelungen. Ein Eisvogel rüttelte über ihnen, stürzte sich ins Wasser und stieg mit einem Stichling im Schnabel wieder auf.

„Ach, und du glaubst, das geht so ohne weiteres?", fragte Wendy. „Cousinchen! Bilde dir bloß das nicht ein! Die Wadendürrs kennen dich vom Turnier her. Die lassen dich nie und nimmer dabei sein, wenn sie ihre Pferde trainieren. Die lassen dich gar nicht in die Nähe der Pferde!"

„Das wird sich ja zeigen", gab Vanessa wütend zurück. Sie ließ sich auf keine weitere Diskussion mehr ein. Schnell ging sie zum Haupthaus hinüber, um ihre Mutter anzurufen und sie zu bitten, sie abzuholen.

Bianca und Oliver brachten ihre Pferde nun ebenfalls in den Stall. Wendys Freundin war still und in sich gekehrt, und als sie wieder nach draußen kam, blickte sie nachdenklich zu dem reetgedeckten Haus hinüber.

„Was hast du?“, fragte Wendy und sah Bianca an.

„Glaubst du, dass Vanessa wirklich nach Blauenau geht?“

„Ach, was“, sagte das Mädchen vom Reiterhof Lindenhöhe. „Du kennst Vanessa doch! Das ist nur so ein Gerede!“ Aber Wendy war sich nicht ganz sicher.

„Hoffentlich“, sagte Oliver, der Wendys Antwort gehört hatte. „Sie könnte viel Schaden anrichten.“

Sie gingen noch einmal in den Stall, um nach dem erkrankten Pferd zu sehen.

Vanessa macht Fehler

Am nächsten Morgen sah Wendy als Erstes wieder nach dem vergifteten Pferd, einem Hannoveraner-Wallach. Sie nannten ihn nur „Sorgenkind", wenn sie von ihm sprachen.

Der Wallach bot einen traurigen Anblick. Er stand in der Box neben der Garage und ließ den Kopf tief hängen. Wendy streichelte ihn und versuchte ihn sanft aufzumuntern, doch „Sorgenkind" reagierte nicht. Er schien überhaupt nicht zu bemerken, dass sie da war, und sie ließ ihn endlich wieder allein. Sie hoffte, dass Dr. Packmoor bald kommen und sich um ihn kümmern würde.

Nachdem sie Miss Dixie begrüßt und auf die Koppel hinter der Reithalle gebracht hatte, half sie Mark Benson, Pferdewirt Carl Ruthfuß und ihrem Vater beim Longieren einiger Pferde. Danach führte sie ein Hengstfohlen aus dem Stall. Es war ein Saugfohlen von sechs Monaten, das von seiner Mutter abgesetzt werden sollte.

Wendy sprach leise auf das Fohlen ein, das sie als recht zutraulich und verschmust kannte. Willig folgte das Pferdekind Wendy durch den Mittelgang der Stallungen nach draußen. Als es jedoch auf den Hof herauskam, blieb es plötzlich stocksteif stehen, dann zerrte es am Führseil und begann zu steigen.

Mark Benson trat rasch hinzu, packte das Fohlen am Halfter und hielt es fest. Es stieg erneut und schlug mit den Vorderhufen, gab dann jedoch nach und ließ sich zur Koppel führen, wo es wenig später mit einigen gleichaltrigen Fohlen herumtollte.

„Ich hätte es auch allein geschafft", sagte Wendy beleidigt. Sie war enttäuscht darüber, dass Mark eingegriffen hatte.

„Davon bin ich überzeugt", erwiderte er. „Aber Vorsicht kann nicht schaden. Auch Fohlenhufe können Schaden anrichten, und ich möchte dich auf keinen Fall im Krankenhaus besuchen."

„Warum hat Colorado das gemacht?", fragte Wendy, als sie mit dem englischen Reitlehrer am Zaun stand und die Fohlen beobachtete, die sich auf der Koppel austobten und sich hin und wieder zu spielerischen Kämpfen zusammenfanden. Sie war unsicher, weil sie von dem Verhalten des Fohlens überrascht worden war. „Er ist doch sonst nicht so!"

„Imponiergehabe", erklärte Benson. Er strich sich das dunkle Haar aus der Stirn. „Hengstfohlen sind nun mal ungestüme Kerle, und Colorado steckt voller Selbstbewusstsein. Er will um die Rangordnung kämpfen und hat dich noch nicht als seine Meisterin anerkannt. Sobald er so weit ist, wird er dir gegenüber auf das Steigen verzichten."

„Dann hättest du gerade nicht eingreifen dürfen, Mark", warf sie dem Reitlehrer vor.

„Du hast Recht, Wendy", erwiderte er. „Ich war voreilig. Das nächste Mal lasse ich dir mehr Zeit. Komm, wir gehen zu Flavio rüber."

„Wozu?", fragte sie, während sie den Hof überquerten.

Ein Pfau stolzierte an ihnen vorbei und begrüßte sie mit einem durchdringenden Schrei. Wuschel trottete vom Haupthaus herüber, schnüffelte an Wendys Stiefeln und versperrte ihr so lange den Weg, bis sie ihn lange an der Kehle gekrault hatte. Das mochte er ganz besonders.

Wendy erwartete, dass auch ihr Kater Heinrich in irgendeiner Weise auf sie reagieren würde, doch der Kater blieb vor den Stallungen im Gras liegen und blickte betont an ihr vorbei, so als ob sie gar nicht vorhanden sei. Heinrich ließ sich die Sonne auf den schwarzen Pelz scheinen und bewegte nur aufmerksam die spitzen Ohren. Er dachte nicht im Traum daran, zu ihnen zu kommen.

„Er gefällt mir", Mark lachte. „Überhaupt sollte, wer einen Hund hat, der verehrungsvoll zu ihm aufsieht, zum Ausgleich auch eine Katze haben, die keine Notiz von ihm nimmt."

Wendy lachte ebenfalls. So eine Bemerkung hatte sie von dem stillen Engländer gar nicht erwartet.

„Ich will die Kraftfutterration für die Fohlen überprüfen", fuhr Benson fort. „Manchmal glaubt Flavio, dass mehr Hafer die Fohlen besser wachsen lässt. Es könnte sein, dass er ein wenig übertrieben hat und dass Colorado auch deswegen etwas übermütig ist."

Als sie die Stallungen erreichten, kam ihnen Vanessa entgegen. Sie trug eine weiße Reithose, ein schwarzes Samtjackett und eine Reitkappe mit schwarzer Schleife. Die Kappe war verrutscht, aber Vanessa merkte es gar nicht.

„Asta liegt in ihrer Box und kommt nicht mehr hoch", sagte sie verstört. „Ich weiß nicht, was ich machen soll."

„Was ist passiert?", fragte Wendy erschrocken.

„Ich weiß es nicht", Vanessa hatte Tränen in den Augen. Unglücklich blickte sie Mark Benson an.

„Nur nicht aufregen", sagte der Reitlehrer. „Es wird nicht so schlimm sein. Ich komme sofort!"

„Vielleicht hat sie sich auch vergiftet", stieß Vanessa hervor. Sie nahm ihre Reitkappe ab und ließ sie achtlos ins Gras fallen. Dann folgte sie Mark Benson und ihrer Cousine in den Stall. Sie sah nicht, dass Kater Heinrich aufmerksam geworden war und sich für die Reitkappe zu interessieren begann.

Als sie zu Astas Box kamen, lag das Pferd noch immer auf der Seite. Jetzt versuchte es, auf die Beine zu kommen. Es war verängstigt und nervös.

„Ich habe alles versucht, aber sie kann nicht aufstehen!“, sagte Vanessa hilflos.

„Da hast du gleich zwei Fehler gemacht“, erklärte Mark Benson. „Erstens hast du zu viel Einstreu in die Box gebracht. Siehst du? Asta hat regelrechte Hügel und Täler gewühlt, und jetzt liegt sie zwischen zwei Strohwülsten und kann sich nicht drehen.“

„Dann glauben Sie nicht, dass sie giftige Pflanzen gefressen hat?“

„Nein, sie ist sicher gesund“, beruhigte Benson sie.

„Und der zweite Fehler?“, fragte Vanessa. Scheu blickte sie den Engländer an. Bisher war ihr nicht bewusst geworden, was sie falsch gemacht hatte, aber nun sah sie selbst, dass sie zu viel Stroh in die Box gebracht hatte.

Mark Benson griff zur Mistgabel und betrat die Box.

„Asta ist aufgeregt und verängstigt, weil sie nicht wieder hochkommt“, erklärte er. „In einer solchen Situation muss man das Pferd beruhigen und nicht durch Anfeuern noch mehr aufregen.“

Er sprach leise und besänftigend auf die Stute ein, während er vorsichtig damit begann, das Stroh an ihrer Seite abzutragen. Als sie mit den Hufen zu schlagen begann, zog er sich sofort zurück, damit er sie mit der Mistgabel nicht verletzte.

„Man sollte überhaupt nicht auf ein Pferd einschreien", sagte Wendy vorwurfsvoll. „Wieso auch? Pferde hören sehr gut. Das solltest du wissen!"

„Natürlich", fauchte Vanessa sie an. „Du musst mich ja belehren!"

Geschickt zog Mark Benson noch ein wenig mehr Stroh zur Seite, und als Asta sich jetzt drehte, kam sie hoch und stand plötzlich wieder auf den Beinen. Er strich ihr mit der Hand über Hals und Rücken und sprach weiter beruhigend auf sie ein.

„Geh zu ihr", bat er Vanessa danach. „Sie wartet darauf."

Er gab Wendy einen Wink, und während er mit ihr zu der Garage ging, die sich den Stallungen anschloss, betrat Vanessa Astas Box.

„Ich bin sicher, dass sie von nun an sehr genau aufpassen wird, dass sie die richtige Menge Einstreu gibt", sagte er so leise, dass nur Wendy es hören konnte. „So wie ich sie kenne, war es ihr unangenehm genug, dass sie mich um Hilfe bitten musste. Das passiert ihr nicht noch einmal."

Flavio Scalini, der italienische Stallhelfer, saß auf dem Boden der Garage und werkelte lärmend an der Unterseite seines roten Cabrios, an dem er viel herumbastelte und mit dem er nur äußerst selten fuhr.

Er hatte den Wagen vor Monaten gebraucht gekauft, und damals war er in keinem guten Zustand gewesen. Mittlerweile aber hatte Flavio ihn mit unendlicher Mühe repariert und mit viel Liebe gehegt und gepflegt, sodass er nun wie neu aussah. Doch damit war Flavio noch nicht zufrieden. Er schien geradezu darauf versessen zu sein, immer neue Mängel zu finden, die er beseitigen konnte. Das rote Auto war seine Leidenschaft.

„Hallo, Flavio", rief der Reitlehrer, und der Italiener kam unter seinem Auto hervor. Sein Gesicht war ölverschmiert, die dunklen Locken klebten ihm am Kopf. Auch sie waren mit reichlich Öl in Berührung gekommen, doch das störte Flavio nicht. Er begrüßte Benson und Wendy mit strahlendem Lächeln.

„Mark, was kann ich für dich tun?", fragte er.

„Für mich nicht, aber für die Fohlen", erwiderte Benson. „Ich glaube, du gibst ihnen zu viel Hafer. Kann das sein?"

Der Stallhelfer kniff ein Auge zu und kratzte sich verlegen am Kopf. „Nicht gut? Ich dachte, wenn sie von ihrer Mutter abgesetzt werden, brauchen sie es."

„Bitte nicht übertreiben. Halte dich genau an den Futterplan. Du tust den Fohlen keinen Gefallen!"

„Ist klar", versicherte Scalini. Er lächelte entwaffnend. „Die Pferde sind meine Freunde. Es soll ihnen gut gehen. Nicht so wie bei dem Bauern."

Wendy horchte auf. „Bei was für einem Bauern, Flavio?“, fragte sie schnell.

„Ein Freund von mir hat bei einem Bauern gearbeitet.“ Scalini wischte sich die Hände an einem Putzlappen ab. „Aber nicht lange. Der Bauer war nicht gut zu den Pferden. Er hat gebarrt.“

„Wo war das, Flavio? Hier in der Gegend?“

„Ja, natürlich“, erwiderte er, „aber ich weiß nicht genau, wo das war. Mein Freund ist wieder zurück nach Italien.“

„Könnte es ... Blauenau gewesen sein?“

„Kann sein. Vielleicht aber auch nicht. Tut mir Leid, Wendy. Ich weiß es nicht.“

Die beiden Männer hatten noch einiges zu bereden, und Wendy verließ enttäuscht die Garage.

Auf dem Hof wäre sie beinahe mit Vanessa zusammengeprallt, die mit ihrer Reitkappe in der Hand zum Haupthaus wollte. Die Schleife der Kappe war total zerzaust.

„Sieh dir an, was Heinrich gemacht hat“, sagte Vanessa empört. Ihre dunklen Augen funkelten aufgebracht. Wendy konnte sich ein Lachen nicht verkneifen. Tröstend legte sie den Arm um ihre Cousine. „Katzen spielen nun mal gern. Das kannst du doch Heinrich nicht übel nehmen!“

„Und du lachst auch noch darüber!“ Vanessa schob Wendys Arm fort. Ärgerlich drehte sie den Kopf zur

Seite. Dabei wusste sie, dass Wendy Recht hatte.

„Ich dachte nur daran, dass du ja noch eine Kappe hast. Und einen Helm dazu!“, sagte Wendy diplomatisch. „Du hast doch alles. Und außerdem finde ich, es ist viel wichtiger, dass es Asta gut geht.“

Vanessa seufzte. Dankbar blickte sie ihre Cousine an. „Du hast ja Recht“, gab sie zu. „Ich hatte furchtbare Angst, als ich sah, dass sie es nicht schaffte aufzustehen. So etwas hatte ich noch nie erlebt!“

Sie betraten das Haus, und ganz heiter begrüßte Vanessa Heike Thorsteeg, ihre Tante, die im Büro mit einem der Feriengäste sprach. Die zerfetzte Schleife der Reitkappe war vergessen.

Der Ritt am Meer

In Wendys Zimmer platzte Vanessa mit ihrer Idee heraus. „Ich fahre nach Blauenau und sehe mich dort um“, erklärte sie. „Noch heute. In einer Stunde nehme ich den Bus.“

Ihre Cousine blickte sie verblüfft an. „Du willst wirklich dorthin? Du glaubst doch nicht, dass man dich zusehen lässt, wenn die Pferde gebarrt werden?“

„Ich lasse es auf mich zukommen“, sprudelte Vanessa heraus. Sie blieb an der Tür stehen, verschränkte die Arme vor der Brust und blickte Wendy entschlossen an. „Außerdem will ich wissen, ob Sorgenkind von dort gekommen ist, und warum er sich vergiftet hat. Ich habe Angst um Asta. Ich möchte nicht, dass ihr auch so etwas passiert. Bist du dabei?“

„Ich?“ Wendy wusste nicht, was sie sagen sollte. Sie hatte sich für diesen Tag so viel vorgenommen. Außerdem war sie mit Bianca und Oliver verabredet. Die beiden mussten jeden Moment auf dem Reiterhof erscheinen.

„Also nicht.“ Vanessa war enttäuscht, weil ihr Vorschlag keinen spontanen Zuspruch fand. Auf lange

Diskussionen wollte sie sich nicht einlassen. „Dann fahre ich eben allein. Kannst du mir deinen Fotoapparat leihen? Ich muss Fotos machen, damit ich Beweise habe!"

„Nicht so schnell", rief Wendy. „So was kann man doch nicht übers Knie brechen! Ich habe nicht geglaubt, dass du es wirklich ernst meinst."

Vanessa fühlte sich missverstanden. Trotzig presste sie die Lippen zusammen, riss die Tür auf und eilte die Treppe hinunter.

Erschocken fuhr Wendy hoch. „Vanessa", rief sie. „Lauf doch nicht weg!"

Sie hastete hinter ihr her. Als sie die letzten Stufen der Treppe erreicht hatte, knallte die Haustür hinter ihrer Cousine zu, und die Mutter kam aus dem Büro. Wendy konnte sich nicht mehr abfangen und prallte mit ihr zusammen.

„Was ist denn nun schon wieder los?", fragte Heike Thorsteeg. Sie hielt ihre Tochter fest und verhinderte so, dass sie Vanessa folgen konnte. „Warum weint Vanessa?"

„Sie heult?", fragte Wendy. Verwundert blickte sie ihre Mutter an. „Meine Güte, ist die empfindlich!"

Heike Thorsteeg schüttelte vorwurfsvoll den Kopf. „Könnt ihr euch denn nicht einmal vertragen? Wenigstens einmal? Ich meine, du könntest ein bisschen mehr Rücksicht auf Vanessa nehmen. Sie ist nun mal so, das weißt du doch. Bitte geh zu ihr und sprich dich mit ihr aus, sonst ruft Tante Ingrid wieder an und fällt über mich her. Ich habe wirklich mehr zu tun, als mir ihre Klagen anzuhören."

Wendy holte tief Luft. „Mami, erstens war überhaupt nichts los", beteuerte sie, „und wenn du mich nicht durchlässt, kann ich nicht mit dieser Heulsuse reden!"

„Siehst du! Genau das ist es, was ich dir sagen wollte. Vanessa ist ein bisschen sensibel, aber eine Heulsuse ist sie nicht. Sie ist vielmehr ..."

„Mami!" Mit diesem Protest unterbrach Wendy den Redefluss ihrer Mutter, schlüpfte an ihr vorbei und wollte zur Haustür hinaus, fest entschlossen, später alles zu erklären, wenn sie hoffen konnte, dass ihre Mutter ihr auch wirklich zuhörte. Sie verstand sich sehr gut mit ihr, und normalerweise waren nicht viele Worte nötig, um die Dinge so darzustellen, wie sie waren. Doch wenn es um Vanessa ging, dann schien Wendys Mutter seltsamerweise eine andere Sprache als ihre Tochter zu sprechen.

Heike Thorsteeg war schneller als Wendy. Mit einem Schritt war sie bei ihr und hinderte sie daran, das Haus zu verlassen. „Nicht so, mein Liebes", bat sie. „Ich verstehe durchaus, dass du dir nicht alles von Vanessa gefallen lassen kannst, aber ..."

„Darum geht es doch gar nicht!" Wendy holte tief

Luft, und nun endlich hatte sie Gelegenheit, mit ein paar Sätzen zu schildern, was ihre Cousine vorhatte.

„Ist das alles?“, fragte Heike Thorsteeg danach.

„Ja, Mami, ich wollte bloß ein bisschen Zeit, um über Vanessas Vorschlag nachzudenken. Weiter nichts.“

Die Mutter lächelte verständnisvoll. Sie zog Wendy an sich und strich ihr übers Haar. „Tut mir Leid, Wendy“, sagte sie. „Da war ich wohl ein bisschen voreilig. Und jetzt bin ich es, die ein wenig Zeit braucht. Bitte geh zu Vanessa. Ich möchte euch beide in etwa einer Viertelstunde bei mir im Büro sehen. Einverstanden?“

„Klar, Mami. Total!“

Wendy fand Vanessa an der Koppel hinter der Reithalle, wo Miss Dixie, Asta und einige andere Pferde des Reiterhofs dösend zusammenstanden. Das schöne Westernpferd wurde sogleich munter, als es Wendy sah, und kam an den Zaun, um sie zu begrüßen.

„Ich glaube, Mami hat eine Idee“, sagte Wendy behutsam. „Sie möchte, dass wir zu ihr kommen.“

Vanessa blickte sie neugierig an. Zögernd trat sie etwas näher heran. Von den Tränen, die sie vergossen hatte, war kaum noch etwas zu sehen. Wendy war auch nicht ganz sicher, ob diese Tränen echt gewesen waren, oder ob ihre Cousine sie sich nur abgerungen hatte, um die Aufmerksamkeit ihrer Tante zu erregen. Das konnte Vanessa nämlich, wenn sie wollte. Das wussten alle.

„Was für eine Idee?“, wollte sie jetzt wissen.

Eben diese Frage stellte Wendy ihrer Mutter wenig später auch, als sie im Büro waren. Heike Thorsteeg saß hinter ihrem Schreibtisch. Mit einem geheimnisvollen Lächeln lehnte sie sich auf ihrem Stuhl zurück und erwiderte: „Sie hat etwas mit Reiten und einem wunderschönen Ausflug zu tun. Jetzt, in den Ferien, habt ihr ja Zeit genug dazu, und die Pferde sind froh, wenn sie sich mal auslaufen können.“

Wendy und Vanessa wussten noch immer nicht, was die Mutter meinte. Doch Heike Thorsteeg spannte sie nicht auf die Folter.

„Ich habe gerade mit Frau Wadendürr telefoniert“, eröffnete sie ihnen. „Ich habe sie gefragt, ob es ihr wohl recht sei, wenn ihr mit euren Pferden zum Reiterhof Blauenau kommt und einen oder zwei Tage dort bleibt. Sie war sehr nett; außerdem war sie sofort einverstanden. Sie sagt, dass sie ein paar Gästezimmer freihat. Die Übernachtung ist also kein Problem.“

„Wow!“, schrie Wendy. „Mami, das ist eine Superidee!“ Mit leuchtenden Augen fuhr sie herum. „Vanessa, kapierst du? Wir reiten nach Blauenau, können dort einen oder zwei Tage bleiben und sehen uns während dieser Zeit um. Wir reiten über den Strand an der Ostsee entlang. Heute Abend können wir auf Blauenau sein. Na, was sagst du? Unauffällig werden wir alles beobachten können!"

Ihre Cousine blickte unentschlossen abwechselnd die Tante und Wendy an. „Aber dann wissen die Wadendürrs ja, dass wir kommen", wandte sie zögernd ein.

Wendy ließ sich stöhnend auf einen Stuhl sinken. „Mann, Vanessa! Glaubst du vielleicht, die merken das nicht, wenn wir unangemeldet dort auftauchen?" Sie blickte schicksalsergeben zur Decke, als sei von dort oben Hilfe zu erwarten.

Doch ihre Mutter gönnte ihr keine Ruhepause. Sie scheuchte sie hoch. „Ich sehe gerade, dass Oliver und Bianca gekommen sind! Geht hinaus und redet mit ihnen, und dann sagt mir Bescheid, damit ich mit ihren Eltern telefonieren kann. Aber bummelt nicht! Wenn ihr heute noch nach Blauenau kommen wollt, müsst ihr euch beeilen."

Vanessa zögerte, doch Wendy gab ihr keine Gelegenheit, noch mehr Einwände zu machen. Sie legte ihr kurzerhand den Arm um die Schulter und schob sie hinaus. Sie war sicher, dass Oliver und Bianca sich schneller entschließen würden als Vanessa – und sie behielt Recht.

Schon eine Stunde später waren sie mit ihren Pferden unterwegs. Sie ritten über den von Hecken umsäumten Feldweg zur Ostsee. Wuschel, der Hund, den Wendy einst aus dem Tierheim geholt hatte, blieb vorwurfsvoll auf Lindenhöhe zurück. Sie hätte ihn gern mitgenommen, doch sein Platz war heute der Reiterhof, und auf Blauenau gab es einen anderen Hund, in dessen Revier Wuschel ganz sicher nicht willkommen gewesen wäre.

Am Strand war es warm, und nur ein schwacher Wind wehte von See her. Sie ritten jeweils zu zweit nebeneinander und hielten sich dicht am Wasser, wo sich die Pferde sichtlich wohl fühlten. An flachen Stellen lenkten sie ihre Tiere weiter ins Wasser, sodass sie Gelegenheit hatten, ihre Beine zu kühlen. Ritten sie nur am Strand an den ausrollenden Wellen entlang, wurde es Miss Dixie hin und wieder zu langweilig. Dann tat sie so, als werde sie durch das heranfließende Wasser erschreckt, und wich tänzelnd aus. Es war nichts als ein Spiel für sie, und Wendy ließ sie gewähren. Sie kannte ihre Stute.

„Dieser Ausflug war eine prima Idee von Tante Heike“, erklärte Vanessa. Sie schien vergessen zu haben, dass es noch nicht allzu lange her war, dass sie Bedenken gegen einen Besuch auf Blauenau gehabt hatte. „Ich bin gespannt, was Axel und Silke sagen, wenn wir dort auftauchen werden!“

Sie mussten den Strand verlassen; er war auf den

nächsten Kilometern für Reiter und Pferde gesperrt. Dann folgten sie einem Feldweg, der hinter den Dünen lag. Als sie später wieder ans Wasser zurückkehren konnten, stand die Sonne schon tief am Horizont. Ein leichter Wind kam auf. Er drückte das Wasser näher ans Ufer, wo es sich schäumend brach. Zwei Reiter kamen ihnen entgegen. Es waren ein Junge und ein Mädchen in Jeans, und erst als sie schon sehr nahe bei ihnen waren, erkannten sie, dass es Axel Wadendürr und seine Schwester waren. Er ritt einen Schimmel, während sie im Sattel eines Rappens saß.

„Ach, du meine Güte, die beiden! Wetten, dass sie uns wieder nach Haus schicken wollen?" Nach der letzten Begegnung auf dem Turnier erwartete Vanessa nichts Gutes von den Geschwistern.

Doch ihre Bedenken waren nicht berechtigt. Axel und Silke hatten keineswegs die Absicht, ihnen unfreundlich zu begegnen. Das Mädchen winkte schon von weitem, während ihr Bruder mit dem Gruß wartete, bis er unmittelbar neben Wendy war.

„Hallo, Großmaul", sagte er zu Oliver, aber es war nicht böse gemeint. Er lächelte.

„He, Sportskanone", gab Oliver im gleichen Tonfall zurück und zwinkerte ihm zu.

„Es ist schon spät, und wir wollten euch eine Abkürzung nach Blauenau zeigen", erklärte Silke.

„Wenn wir den Strand hier verlassen und durch den Wald reiten, sind wir in einer halben Stunde da. Wenn wir am Wasser bleiben, brauchen wir eine Stunde länger."

Wendy, Vanessa, Bianca und Oliver waren nun schon mehrere Stunden unterwegs, und allmählich meldete sich der Hunger. Auch die Pferde waren langsamer geworden.

„Wir reiten durch den Wald", entschied Wendy für alle, „sonst wird es dunkel, bis wir auf Blauenau sind."

Sie war überrascht, wie freundlich und ungezwungen Silke war. Sie war ein offenes und sympathisches Mädchen mit lustigen braunen Augen. Das schwarze Haar trug sie kurz wie ein Junge, aber Wendy fand, dass ihr diese Frisur ganz besonders gut stand.

Axel war dagegen ein wenig unsicher. Er gab sich Mühe, nett zu sein, aber er schien die Auseinandersetzung vom letzten Sonntag noch nicht vergessen zu haben.

„Wir wollten euch noch gratulieren", sagte Wendy endlich, während sie sich vom Wasser abwandten. „Ihr wart wirklich gut auf dem Turnier. Ich weiß nicht, ob wir es schaffen, euch auf dem nächsten Turnier zu schlagen."

„Warten wir es doch ab", Silke lachte. Sie hatte das Turnier gewonnen, während ihr Bruder wider Erwarten nur Dritter geworden war.

Reiterhof Blauenau

Ihr Tagesziel lag direkt neben einer Au am Rande des Waldes. Der Reiterhof hatte nur eine Reithalle, dafür aber gab es doppelt so viele Ställe wie auf Lindenhöhe. An einem langen, weißen Zaun entlang führte der Weg zum Reiterhof, vorbei an vielen Pferden, die auf den Koppeln weideten.

Eine schwarzhaarige, kleine Frau kam ihnen entgegen. Sie trug ein weites, blaues Sommerkleid, mit dem sie geschickt verbarg, dass sie recht mollig war. Temperamentvoll winkte sie mit beiden Armen, und als die Jungen und Mädchen aus dem Sattel gestiegen waren und neben ihren Pferden standen, umarmte sie ihre Gäste einen nach dem anderen. Sie lachte verständnisvoll, als sich Oliver nur widerwillig von ihr in die Arme ziehen ließ, und gab ihn sogleich wieder frei.

„Ich bin dir nicht jung und hübsch genug, wie?“, fragte sie strahlend und wandte sich, bevor Oliver etwas erwidern konnte, den Mädchen zu.

„Silke wird euch eure Zimmer zeigen“, erklärte sie. „Versorgt eure Pferde! Dann macht euch ein wenig frisch und kommt zu uns ins Haus. Ich habe das

Abendessen vorbereitet, und ich verspreche euch, ihr werdet nicht enttäuscht sein."

Dieser Einladung kamen Oliver und die Mädchen von Lindenhöhe nur zu gern nach.

„Habe ich's euch nicht gesagt?", meinte Frau Wadendürr zufrieden, als ihre Gäste staunend vor dem Esstisch standen. Sie hatte so reichlich gedeckt, dass wohl auch die dreifache Zahl hungriger Mäuler satt geworden wäre. „Seht mich an! Wenn ein Gastgeber so viel auf den Rippen hat wie ich, dann könnt ihr euch darauf verlassen, dass es gut und reichlich zu essen gibt."

„Umso erstaunlicher, dass Axel und ich noch immer gut in Form sind", stellte ihre schlanke Tochter fest.

‚Ein Glück, dass du nicht reitest, Mam", sagte Silkes Bruder. „Das Pferd, das dich tragen müsste, könnte einem Leid tun!"

Frau Wadendürr war keineswegs böse über die Späße ihrer Kinder. Es war unverkennbar, dass sie sich alle gut verstanden. Mit vergnügt blitzenden Augen bat sie ihre Gäste, nun doch Platz zu nehmen.

Als Wendy sich setzen wollte, öffnete sich die Tür, und ein Mann betrat das Esszimmer. Es war jener Mann, der mit dem Pferdewirt Pieske beim Springturnier zusammen gewesen war. Nicht nur seine grüne Kleidung sollte betont darauf hinweisen, dass er Jäger war; das verrieten auch die Jagdtrophäen an den Wänden seines Hauses. Er war Silkes und Axels Vater. Er blieb an der Tür stehen und musterte die Besucher von Lindenhöhe aufmerksam. Seine dunklen Augen fixierten jeden Einzelnen, als wolle er sich sein Aussehen genau einprägen.

Jetzt, da er keinen Lodenmantel trug, sondern Reitstiefel, enge Hosen und ein knapp sitzendes Hemd, wurde deutlich, dass er nicht weniger dick war als seine Frau.

Dann ging er mit ausgestreckten Händen auf Wendy zu. Sein Gesicht hellte sich auf, und ein betont herzliches Lächeln glitt über seine Lippen. „Du bist Wendy Thorsteeg?“ Er ergriff ihre Hände, blickte aber nicht Wendy, sondern seine Frau an. „Elsbeth, ich bin der größte Esel, der weit und breit herumläuft“, erklärte er. „Letzten Sonntag hat Peter Pieske Wendy richtiggehend angefaucht, und ich habe ihn nicht zur Ordnung gerufen. Tut mir Leid, Mädchen, das war nicht böse gemeint!“

Er wandte sich Wendy zu und ließ nun endlich ihre Hände los. Sie versteckte sie rasch hinter ihrem Rücken, damit er sie nicht noch einmal ergriff. Es war ihr unangenehm, dass er sie so lange gehalten hatte. Irgendetwas Falsches, Gezwungenes war in dieser Geste.

„Kannst du mir noch einmal verzeihen, Wendy?“, fuhr er so freundlich fort, wie sie es nicht erwartet hatte.

„Ja, natürlich“, erwiderte sie schnell, und sie wusste jetzt, warum er ihr am vergangenen Sonntag so bekannt erschienen war. Es war die Ähnlichkeit zwischen ihm und seinen Kindern, die dieses Gefühl hatte aufkommen lassen.

Er nickte, als habe er es nicht anders erwartet, als dass ihm verziehen wurde, setzte sich an den Tisch, griff zu Brot und Butter und forderte seine Gäste auf, sich ebenfalls zu bedienen.

Wendy und Bianca blickten sich verstohlen an. Sie waren überrascht. Sie hatten nicht erwartet, so herzlich von der Familie Wadendürr aufgenommen zu werden, von der sie bisher einen weniger freundlichen Eindruck gewonnen hatten. Vor allem den Vater hatten sie sich ganz anders vorgestellt. Trotzdem, ein Rest von Unbehagen blieb bei Wendy zurück.

Auch Vanessa und Oliver waren angenehm überrascht, als die vier sich nach dem Essen in den Reitstall zurückzogen, um noch einmal nach ihren Pferden zu sehen. Besonders Wendy war es wichtig, ihrer Pintostute Miss Dixie gute Nacht zu sagen. Das machte sie immer. Jeden Abend überzeugte sie sich, ob mit ihrem Pferd alles in Ordnung war. Sie ging zu der Stute in die Box und legte die Arme um den Hals des Pferdes.

„Keine Angst, Miss Dixie“, sagte sie. „Du bist zwar in fremder Umgebung, aber du bleibst nicht hier. Schon morgen Abend geht es wieder nach Haus.“

Das edle Westernpferd schien sie zu verstehen. Zärtlich schnuppernd drückte es seiner Freundin das weiche Maul an die Schulter. Wendy streichelte den Kopf der Stute und verabschiedete sich dann für die Nacht.

Zusammen mit den anderen zog sie sich auf das Zimmer zurück, in dem Bianca, Vanessa und sie schlafen sollten.

„Die Wadendürrs sind so nett, wie ich es nicht erwartet habe“, stellte Oliver fest. „Und die sollen Tierquäler sein? Kann ich mir eigentlich nicht vorstellen.“

Damit brachte er auf den Punkt, was ihnen allen irgendwann einmal an diesem Abend durch den Kopf gegangen war.

„Wir haben uns wohl geirrt“, sagte Bianca. „Selbst der Alte ist gar nicht so übel.“

„Finde ich auch“, stimmte Wendy zu. „Und Axel und Silke gefallen mir heute viel besser als letzten Sonntag. Wahrscheinlich haben sie sich da über etwas ganz anderes geärgert und dann bei uns den Frust und ihre Aggressionen rausgelassen.“

„Ist euch aufgefallen, dass Axel immer den Kopf einzieht, wenn sein Vater was zu ihm sagt?“, fragte Oliver ernst. „So etwas könnte mir nicht passieren.“

„Das glaube ich“, meinte Wendy. „Du lässt dich ja von niemandem einschüchtern. Aber es wäre schlimm, wenn Axel Angst vor seinem Vater hätte!“ Sie wandte sich Vanessa zu, weil ihr auffiel, dass ihre Cousine seltsam still war. „Was hast du?“, fragte sie. „Du sagst gar nichts!“

„Weil ihr so tut, als wäre alles in Ordnung“, gab Vanessa auffahrend zurück. „Aber ich bin nicht so oberflächlich wie ihr. Könnt ihr nicht mehr klar denken?“

Die drei blickten sich verblüfft an.

„Was ist los?“ fragte Oliver. „Spinnst du? Warum sind wir oberflächlich? Nur weil wir die Wadendürrs ganz nett finden? Nun, ich gebe zu, der Alte war irgendwie seltsam. Auch übertrieben, aber ...“

„Genau das meinte ich mit oberflächlich!“, fauchte Vanessa ihn an. „Ich versuche, vernünftig mit euch zu reden, und du gibst Blödsinn von dir!“

Oliver ließ sich verdutzt auf einen Stuhl sinken. Er lehnte sich zurück und verschränkte die Hände hinter dem Kopf. „Nun mal los“, forderte er Vanessa auf. „Worum geht es?“

„Ach, ihr hört mir ja doch nicht zu!“ Vanessa ging

zur Tür und machte Anstalten, den Raum zu verlassen.

Doch Wendy stand vor der Tür. „So nicht, Cousinchen“, sagte sie ärgerlich. „Du kannst uns nicht solche Brocken vor den Kopf knallen und dann abhauen. Raus damit. Was hast du? Hast du einen Verdacht?“

Vanessa blickte sie ernst an. „Wir sind doch wohl hier, weil wir rausfinden wollen, ob die Wadendürrs ihre Pferde beim Training an den Hürden barren und auch in anderer Weise quälen, damit sie höher springen. Richtig?“

„Richtig“, bestätigte Wendy. „Und?“

„Ihr lasst euch von den Wadendürrs was vormachen. Ein paar nette Worte, und schon seid ihr davon überzeugt, dass alles ganz harmlos ist. Habt ihr das Pferd schon vergessen, das vergiftet wurde und von hier fortgelaufen ist? Und Wolga, die so sehr verändert ist?“

„Du bringst alles durcheinander, Vanessa.“ Oliver stand auf und kam zu ihnen.

Bianca schloss sich ihm an. „Wir wissen doch gar nicht, woher ‚Sorgenkind‘ gekommen ist.“

„Von hier“, behauptete Vanessa hartnäckig. „Und ich werde es beweisen.“

„Wie denn?“, fragte Wendy gespannt.

„Ich gehe raus und sehe mich draußen und in den

Ställen um. Ich will wissen, ob die Pferde Verletzungen vom Barren und von scharfen Sporen haben."

„Jetzt?" Wendy sah ihre Cousine ungläubig an. „Es ist stockdunkel draußen!"

„Ist es nicht. Der Mond scheint. Und außerdem habe ich eine Taschenlampe!"

„Du, Vanessa", stöhnte Wendy. „Die Wadendürrs sind ausgesprochen nett zu uns. Ist dir nicht klar, wie peinlich es wäre, wenn sie dich erwischen, wie du herumspionierst? Wenn die fies wären, hätte ich überhaupt keine Hemmungen, mich mitten in der Nacht auf dem Hof umzusehen. Aber so? Unmöglich."

Das fanden Oliver und Bianca auch. Sie bestanden darauf, dass sie sich für die Gastfreundschaft mit gutem Benehmen bedankten.

„Na schön." Schließlich gab Vanessa nach. „Wenn ihr nicht wollt, dann lassen wir es eben!"

„Wir möchten vor allem, dass auch du nicht mehr auf den Hof und in die Ställe gehst!", forderte Wendy. „Versprichst du es?"

„Ja, ja", erwiderte ihre Cousine, der es lästig zu sein schien, das noch einmal zu versprechen. Sie blickte Oliver an und zeigte auf die Tür. „Und jetzt möchte ich schlafen."

„Ich schon lange." Oliver gähnte hinter der vorgehaltenen Hand, grüßte lassig mit der rechten und ging mit schleppenden Schritten hinaus, um zu betonen, wie müde er war.

Wenige Minuten später gingen die Lichter aus, und es wurde still im Gästehaus von Blauenau.

Nächtliche Begegnung

Irgendwann in der Nacht erwachte Wendy plötzlich, weil sie das Knarren der Zimmertür gehört hatte. Sie blieb ganz still liegen und horchte. War jemand ins Zimmer gekommen? Wendy spürte, wie ihr Herz klopfte, wie gelähmt vor Schrecken lag sie da.

Knarrten die Fußbodenbohlen unter den Füßen eines Eindringlings? Aber wer sollte das sein, und was konnte er von ihnen wollen? Hatte er die Absicht, hier etwas zu stehlen?

Sie ertrug die Ungewissheit nicht länger. Sie musste einfach wissen, ob wirklich jemand bei ihnen im Zimmer war. Ihre Hand tastete zum Schalter der Nachttischlampe, und dann wurde es hell im Zimmer.

Wendy richtete sich auf und sah sich um. Es war niemand bei ihnen eingedrungen, aber Vanessas Bett war leer!

Wendy begriff. Ihre Cousine hatte sich hinausgeschlichen, und dabei hatte die Tür geknarrt.

„Bianca“, rief Wendy. „Aufwachen!“

Ihre Freundin fuhr erschrocken hoch. Schlaftrunken blinzelte sie ins Licht der Lampe. „Was ist denn los?“, stotterte sie. „Ist was passiert?“

„Vanessa ist weg. Sie spioniert draußen herum! Ich wusste es!“ Wendy zeigte auf den Stuhl, der neben dem Bett ihrer Cousine stand. Er war leer. „Sieh doch, sie hat sich angezogen. Ihre Sachen sind verschwunden!“

Jetzt begriff Bianca, dass es mit der Nachtruhe erst einmal vorbei war. Leise schimpfend stieg sie aus dem Bett und trottete ins Badezimmer.

„Die versaut uns noch den ganzen Ausflug“, murmelte sie. „Wir hätten sie gar nicht mitnehmen sollen.“

Wendy staunte. Das waren starke Worte für die sonst so zurückhaltende Bianca. Wendy war sicher, dass Bianca das früher oder später zurücknehmen oder doch abmildern würde.

Die beiden Mädchen zogen sich rasch an und klopften wenig später an die Tür von Olivers Zimmer.

Als er hörte, um was es ging, war er sofort hellwach; und es dauerte nur Sekunden, bis auch er sich angezogen hatte. Er hatte eine Taschenlampe dabei.

„Was glaubt ihr, wo sie ist?“, fragte er, als sie zusammen auf dem Flur des Gästehauses standen.

Wendy legte rasch einen Finger an die Lippen. „Leise!“, wisperte sie. „Wir sind nicht die einzigen Gäste. Wir dürfen die anderen nicht aufwecken.“

„Dann lasst uns erst mal rausgehen“, flüsterte Oliver.

Auf Zehenspitzen schlichen sie zur Tür, und sie zuckten erschrocken zusammen, als der Holzfußboden unter ihnen knarrte. Einige Male blieben sie stehen, weil sie fürchteten, dass sie trotz aller Vorsicht zu laut waren, doch in den Gästezimmern blieb es still. Schließlich gelang es ihnen, das Haus unbemerkt zu verlassen.

Auf dem Hof war es nicht so dunkel, wie sie erwartet hatten. Der Mond schien und verschwand nur hin und wieder hinter den schnell vorbeiziehenden Wolken. Nur unmittelbar neben dem Gästehaus, wo das weit vorspringende Dach das Mondlicht abschirmte, und unter den mächtigen Kastanien am Tor war es dunkel. Irgendwo schrie ein Käuzchen, ein Fenster klapperte im Wind.

„Wie spät ist es eigentlich?“, flüsterte Bianca.

„Gleich zwei“, antwortete Oliver. „Um diese Zeit schlafe ich gewöhnlich.“

„Wo suchen wir zuerst?“, fragte Bianca und gähnte einmal kräftig.

„Im Stall“, entschied Wendy. Sie ließ sich von ihrer Freundin anstecken und gähnte ebenfalls. „Ich wette, Vanessa will sich die Pferde ansehen.“

Plötzlich bemerkten sie ein schwaches Licht hinter einem der schmalen Fenster der Pferdeställe. Es blitzte kurz auf und erlosch, um gleich darauf für eine etwas längere Zeit wieder aufzuleuchten.

„Sie ist tatsächlich im Stall“, stellte Oliver fest. „Sie lässt ihre Taschenlampe nicht ständig brennen, sondern knipst sie nur ab und zu mal an.“

Er wollte schon losgehen, doch Wendy hielt ihn fest.

„Nicht so schnell“, bat sie. „Wir bleiben im Schatten vom Gästehaus und von den Bäumen, damit man uns nicht so leicht sehen kann.“

„Das ist doch übertrieben“, wisperte Oliver, während sie durchs Dunkel eilten. „Alles pennt. Nicht mal der Hofhund rührt sich. Wahrscheinlich schläft der im Haus.“

Obwohl er nicht glaubte, dass sie von irgendjemandem beobachtet werden konnten, blieb Oliver bei Wendy und Bianca und machte ebenfalls den Umweg durch den Schatten, anstatt im Mondlicht den Hof zu überqueren. Als sie eine der Stalltüren erreichten und sie vorsichtig öffneten, begann der Hund im Wohnhaus der Wadendürrs zu bellen. Wendy schob Oliver und Bianca schnell in den Stall und schloss die Tür hinter sich.

„Hoffentlich beruhigt er sich bald wieder“, flüsterte sie, ging einige Schritte weiter bis zum Mittelgang zwischen den Boxen und rief mit gedämpfter Stimme: „Vanessa? Bist du da?“

Die Pferde in den Boxen waren unruhig. Das Stampfen ihrer Hufe und das Rascheln der Einstreu durchbrach die Stille. Es war so laut, dass Wendy fürchtete, man könne es bis zum Wohnhaus der Wadendürrs hören. Sie horchte, aber ihre Cousine meldete sich nicht.

Oliver ließ seine Taschenlampe kurz aufblitzen.

„Wir wissen, dass du hier bist“, rief er deutlich lauter als Wendy. „Draußen kann man es sehen, wenn du deine Taschenlampe einschaltest. Nun sag schon, wo du steckst.“

Weit hinten im Stall leuchtete für einen kurzen Moment das Licht einer Taschenlampe auf.

„Ich komme zu euch“, kündete Vanessa so leise an, dass sie kaum zu hören war; dann näherte sie sich mit vorsichtigen und tastenden Schritten. Hin und wieder schaltete sie ihre Taschenlampe kurz ein, um sich orientieren zu können.

„Warum seid ihr hier?“, flüsterte sie, als sie bei Oliver und den beiden Mädchen war.

„Das wollten wir dich fragen“, fuhr Wendy sie an. „Wie kommst du dazu, mitten in der Nacht hier herumzuschnüffeln?“

„Ich habe nachgesehen, ob die Pferde Verletzungen haben“, erwiderte ihre Cousine. Sie war unverkennbar stolz darauf, etwas unternommen zu haben, um den Trainingsmethoden der Wadendürrs auf die

Spur zu kommen; und sie schien überhaupt nicht verstehen zu können, dass die anderen damit nicht einverstanden waren. „Ich habe ihre Beine überprüft. Es sieht nicht so aus, als wären sie gebarrt worden. Aber oft sieht man das gar nicht, und sie haben trotzdem Schmerzen!"

„Und das musst du jetzt machen? Nachts um zwei? Das hättest du viel leichter am Tag haben können. Kannst du mir vielleicht sagen, wie wir das Herrn Wadendürr erklären sollen?"

„Müssen wir ja nicht", erwiderte Vanessa kühl.

„Ich schlage vor, dass wir ganz schnell von hier verschwinden", sagte Oliver, bevor Wendy etwas entgegnen konnte. Er spürte, dass sie sich über Vanessas Verhalten ärgerte, und er wollte nicht, dass sich ihr Streit ausweitete. „Ich bin müde und möchte wieder ins Bett."

„Gute Idee", lobte Wendy, nachdem sie kurz überlegt hatte und zu dem Schluss gekommen war, dass sie Vanessa auch am nächsten Tag noch die Meinung sagen konnte. Jetzt war vor allem wichtig, dass sie unbemerkt in ihre Zimmer zurückkehrten.

Oliver ging zur Tür, öffnete sie vorsichtig und blickte hinaus. Und dann entdeckte er eine dunkle Gestalt, die zwischen Gästehaus und Reithalle hervorkam. Sofort fuhr er wieder zurück.

„Was ist los?", fragte Wendy erschrocken.

„Ist es der Hund?“, flüsterte Bianca.

„Nein, ein Mann“, antwortete Oliver leise.

Wendy schob sich an ihm vorbei und spähte durch den Türspalt hinaus. Sie sah den Mann, er war groß und schlank. Sein Gesicht konnte sie nicht erkennen, es lag im Schatten eines Hutes mit breiter Krempe, und doch glaubte sie zu wissen, wer dieser Mann war.

„Es ist Peter Pieske, der Pferdewirt“, sagte sie leise.

„Kommt er hierher?“, fragte Bianca ängstlich. „Was sagen wir nur, wenn er uns sieht?“

„Noch ist es ja nicht so weit“, erwiderte Oliver. Ihm war ein wenig Staub in den Hals geraten, er hustete leise.

Wendy beobachtete den Mann, wie er den Hof überquerte, zu den Kastanien ging und in ihrem Schatten verschwand. Sie glaubte schon, ihn aus den Augen verloren zu haben, als plötzlich die Flamme eines Feuerzeugs die Dunkelheit erhellte. In ihrem Widerschein konnte Wendy sein Gesicht sehen.

„Es ist tatsächlich Pieske“, sagte sie und öffnete die Tür ein wenig weiter, damit die anderen ein besseres Blickfeld hatten. „Er steht im Schatten unter den Kastanien.“

„Was macht er da?“, fragte Bianca.

„Das würde mich auch interessieren“, sagte Oliver.

„Wieso treibt er sich um diese Nachtzeit dort herum?"

Wendy schwieg. Was hätte sie darauf antworten sollen? Sie wusste ebenso wenig wie Oliver, was den Pferdewirt veranlasste, zu so später Stunde ans Tor zu gehen.

„Wir haben großes Glück gehabt", stellte sie leise fest. „Ein bisschen später nur, und wir hätten ihn nicht bemerkt. Aber er hätte uns gesehen, wie wir aus dem Stall kommen."

Der Hund hatte sich wieder beruhigt. Er bellte nicht mehr.

„Und nun?", fragte Bianca. „Was machen wir? Wenn wir rausgehen, sieht er uns. Und wenn wir bleiben, werden wir bei den Pferden überrascht. Sie sind sicher so unruhig, weil wir hier sind. Bestimmt hört er es irgendwann und kommt nachsehen."

Wendy legte ihr beruhigend den Arm um die Schulter. „Nur keine Angst, Bianca", sagte sie. „Mir fällt schon was ein."

„Dann aber bitte bald!" Oliver gähnte ausgiebig. „Sonst lege ich mich zu einem der Pferde in die Box und schlafe im Stroh."

„Das sieht dir ähnlich", fuhr Vanessa ihn an. „Du bist selbst zum Nachdenken zu faul."

„Richtig", gab er gelassen zu. „Warum sollte ich mich auch anstrengen? Wenn wir erwischt werden, überlasse ich es dir ganz allein, zu erklären, weshalb wir hier sind. Du hast uns die Sache schließlich eingebrockt."

„Blödsinn! Ich konnte ja nicht wissen, dass dieser Kerl sich da draußen aufbaut!"

„Hört auf zu zanken", bat Wendy. „Ein Auto kommt!"

Sie drückte die Tür ein wenig weiter auf, sodass auch die anderen hinaussehen konnten. Über die Landstraße näherte sich ein Fahrzeug. Es fuhr mit Standlicht, und es hielt etwa fünfzig Meter vom Tor entfernt im Schatten eines Alleebaumes. Eine Tür klappte, und der Fahrer stieg aus. Er war schlank und hielt sich auffallend gerade. Enge Hosen umschlossen seine Beine. Auf dem Kopf trug er eine Baseball-Mütze mit weit vorspringendem Schirm.

Pieske löste sich aus dem Schatten der Kastanien und ging dem anderen entgegen. Sie trafen sich auf halbem Wege und blieben im Schatten eines Baumes stehen, wo sie nur noch schwach zu erkennen waren.

„So ein Mist." Oliver war enttäuscht. „Jetzt können wir nicht hören, was die beiden miteinander zu bereden haben."

„Dann sollten wir die Gelegenheit nutzen und verschwinden", bemerkte Vanessa. „Nach dem Gespräch kommt Pieske womöglich hierher in den Stall, und dann ist es zu spät für uns!" Sie wartete gar nicht erst ab, was die anderen dazu sagten. Bevor man sie aufhalten konnte, verließ sie den Stall. Geduckt lief sie im Mondschatten an den Stallungen entlang zu den Kastanien hin und von dort zum Gästehaus hinüber. Schließlich blieb sie zwischen der Reithalle und dem Gästehaus stehen und winkte auffordernd.

„Die hat doch einen Schatten auf der Linse", sagte Oliver. „Jetzt fehlt nur noch, dass wir hier im Stall erwischt werden, während sie im Bett liegt und sich ins Fäustchen lacht."

Wendy und Bianca mussten ihm Recht geben. Dieser Gefahr waren sie in der Tat ausgesetzt, und niemand würde ihnen glauben, dass sie nur im Stall gewesen waren, um Vanessa von einer Dummheit abzuhalten.

„Also los", sagte Wendy. „Wir können ja doch nicht hören, was die beiden da hinten zu bereden haben."

Sie verließen den Stall, und Oliver schloss die Tür sorgfältig hinter ihnen. Dann hasteten sie im Schatten zu den Kastanien hinüber. Sie hatten sie kaum erreicht, als sie den Motor des Autos aufheulen hörten. Erschrocken blieben sie stehen, und dann sahen sie, dass sich ihnen der Pferdewirt näherte, während das Auto auf der Straße wendete und davonfuhr. Jetzt erkannten sie, dass es ein kleiner Geländewagen war, an den ein Pferdetransporter gekoppelt war. Erschrocken blieben sie neben dem Stamm einer der Bäume stehen.

Sie hörten, wie der Kies unter den Füßen des Mannes bei jedem Schritt knirschte. Unwillkürlich hielten sie den Atem an, als der Pferdewirt keine zwei Meter von ihnen entfernt stehen blieb. Jetzt war nur noch der Baumstamm zwischen ihnen.

War der Mann auf sie aufmerksam geworden? Waren sie zu laut gewesen?

Sie hörten, wie es leise klickte, und sie sahen die Flamme seines Feuerzeugs aufleuchten. Pieske zündete sich eine Zigarette an, sog den Rauch tief ein und atmete langsam aus. Dann ging er weiter, verließ den Schatten und überquerte den Hof im hellen Mondlicht.

„He!“ meinte Oliver. „Ich dachte, gleich packt er mich am Kragen und bringt mir bei, dass Madonna noch lange kein Begriff aus der Pferdezucht ist.“

Wendy und Bianca lachten, aber ihr Lachen klang recht dünn.

Sie liefen im Schatten zur Tür des Gästehauses zurück und waren wenig später wieder in ihren Zimmern.

„Darüber reden wir noch“, sagte Wendy zu ihrer Cousine, als sie erleichtert aus ihren Reithosen stieg. „Das hätte ganz schön schief gehen können.“

Vanessa lag bereits im Bett und spähte nur mit einem Auge unter der Bettdecke hervor. Sie zeigte sich nicht im Mindesten beeindruckt.

„Das ist allein eure Schuld“, erwiderte sie. „Ihr hättet mir ja nicht nachlaufen müssen!“

„Du solltest froh sein, dass wir es getan haben!“ Wendy kroch unter die Bettdecke. „Pieske hätte dich glatt gesehen, wenn du noch länger Licht mit deiner Taschenlampe gemacht hättest.“

Vanessa streifte sich die Decke über den Kopf. Sie zog es vor, darauf nicht zu antworten. Sie hätte ja zugeben müssen, dass sie einen Fehler gemacht hatte, und das tat sie nicht gern.

Offenheit hilft

Am nächsten Morgen hatten die vier vom Reiterhof Lindenhöhe reichlich Gelegenheit, sich auf Blauenau umzusehen. Sie waren schon früh auf, frühstückten mit Silke und Axel zusammen und bummelten dann über den Hof zu den Ställen hin, um sich die Pferde zeigen zu lassen.

„Tut mir echt Leid, dass ich so blöd zu euch war", sagte Axel, der sich mit Oliver ein wenig von den Mädchen abgesondert hatte. „Bei uns war Krach in der Gruppe, obwohl wir alle vier vorn lagen. Pieske und mein Vater waren nicht zufrieden mit uns."

Sie betraten die Ställe, und Oliver begrüßte Navarro, der sich ungeduldig in seiner Box bewegte. Am liebsten hätte er den Wallach sogleich rausgelassen, um ein wenig zu reiten.

„Meine Schwester und ich haben euch beobachtet", fuhr Axel fort. „Bei euch war das ganz anders als bei uns. Ihr wart eine fröhliche Gruppe. Ihr habt Spaß gemacht und gelacht, obwohl ihr verloren hattet. Das fanden wir wahnsinnig stark."

Oliver hörte kaum hin. Er blieb an einer Box stehen, in der ein Bosniake stand. Das Pferd sah bei weitem nicht so gut aus wie die anderen. Es war mager und ließ den Kopf tief hängen.

„Was ist mit ihm los?“, fragte Oliver. „Der sieht irgendwie krank aus.“

„Ist er auch“, erwiderte Axel, „aber unser Tierarzt weiß nicht, was ihm fehlt. Er sagt, dass er sich irgendwo vergiftet hat. Und nicht nur er. Wir haben noch drei andere Pferde, denen es auch so schlecht geht. Sie müssen irgendetwas gefressen haben, das ihnen nicht bekommen ist.“

„Giftpflanzen?“ Oliver blickte den anderen Jungen voller Erwartung an. Er musste an „Sorgenkind“ denken, den sie in der Feldmark gefunden hatten.

„Der Tierarzt glaubt nicht daran. Er sagt, dass die Pferde anders aussehen, wenn sie giftige Pflanzen gefressen haben.“

Der Zufall hatte das Gespräch auf kranke Pferde gebracht, und Oliver wollte die Gelegenheit nutzen, die sich ihm bot. „Ist euch in letzter Zeit ein Pferd weggelaufen?“, fragte er. „Vermisst ihr eines?“

Axel blickte ihn überrascht an. „Warum willst du das wissen?“

„Weil wir in der Nähe von Lindenhöhe ein Pferd gefunden haben“, entgegnete Oliver aufgeregt. „Es war krank und sah so aus wie dieser Bosniake. Er muss auch irgendwo etwas Giftiges gefressen haben. Und ich dachte ...“

„Wir vermissen kein Pferd“, beteuerte Axel. „Ganz bestimmt nicht.“

Und dann wollte er alles ganz genau wissen, was mit dem gefundenen kranken Pferd zusammenhing. Während sie den Stall verließen und zu einem Reitplatz hinter den Stallungen gingen, beantwortete Oliver ihm alle Fragen. An einem Zaun, der einen Trainingsparcours begrenzte, blieben sie stehen und sahen zwei Männern bei der Cavaletti-Arbeit zu. Die Reiter führten ihre Pferde im Trab über s-förmig aufgestellte Bodenricks. Das sah so leicht und elegant aus, als könnten Pferde und Reiter sich gar nicht anders verhalten.

Oliver staunte. Er hatte den Eindruck, dass die Pferde diese Ausbildung gar nicht mehr brauchten, sondern schon an wesentlich höhere Hindernisse herangeführt werden konnten.

„Schade“, sagte er. „Ich hätte gern gesehen, wie die Pferde trainiert werden, die schon ein bisschen weiter sind.“

„Das steht heute nicht auf dem Programm“, sagte Axel schnell.

„Wirklich nicht?“, zweifelte Oliver. „Oder dürfen wir nicht sehen, was dann passiert?“

Axel wurde blass. Er wandte ihm den Rücken zu und antwortete: „Das hättest du nicht sagen dürfen!“

„Entschuldige!“ Oliver ging um ihn herum, sodass er Axel ins Gesicht sehen konnte. „Ich wollte dich nicht kränken. Es ist bloß, weil ...“

Er kam nicht weiter, denn plötzlich tauchte der Pferdewirt Pieske neben ihnen auf. Sie hatten nicht gehört, wie er herangekommen war. Zornig und ablehnend blickte er Oliver an.

„Ist das dein neuer Freund?“, fragte er Axel mit heiser klingender Stimme. Der hoch gewachsene, schlaksig wirkende Mann rauchte eine Zigarette. Sie hing ihm im Mundwinkel, und er nahm sie nicht heraus, obwohl der aufsteigende Rauch seine Augen reizte und er vor allem das linke Auge immer wieder zusammenkniff. Er wandte sich an Oliver, bevor Axel etwas erwidern konnte. „Bredenbek, mit dir habe ich noch ein Hühnchen zu rupfen. Du hast dein Pferd ...“

„Das verwechseln Sie mit Radetzky-Marsch“, sagte Oliver rasch. „Ich bin nicht Bredenbek, sondern Oliver Anders, und wenn Sie von meinem Pferd reden, habe ich total schlechte Vibrations!“

Der Pferdewirt war so verblüfft, dass ihm die Zigarette aus dem Mund fiel. Verärgert drückte er sie mit der Fußsohle aus. Sein Gesicht schien noch härter zu werden, und seine weit vorspringende Nase reckte sich Oliver entgegen.

„Wenn du frech werden willst, junger Mann, dann zeige ich dir mal, was ’ne Harke ist“, fuhr er ihn an.

„Oliver ist unser Gast“, bemerkte Axel leise. Seine Stimme klang seltsam gepresst, so als habe er Angst vor dem Pferdewirt. „Nehmen Sie bitte Rücksicht darauf.“

„Genau“, sagte Oliver. Er lächelte, als sei ihm Pieske mit lauter Freundlichkeiten gekommen, über die er sich freute. „Und Herr Wadendürr ist richtig happy, dass meine Freunde und ich hier sind. Pfeifen Sie ihn doch zusammen, wenn Ihnen meine Nase nicht passt.“

Pieske murmelte etwas, was wie „unverschämter Lümmel“ oder so ähnlich klang, zündete sich eine neue Zigarette an und ging zu den Reitern hinüber, die ihre Übung mit den Pferden beendet hatten.

Axel kicherte, und seine Augen blitzten vor Vergnügen.

„So ist noch niemand mit dem umgesprungen“, flüsterte er. „Das war super!“

Er zog Oliver mit sich, um ihm sein Pferd zu zeigen, das hinter der Reithalle auf der Koppel stand.

„Weißt du, keiner hier auf Blauenau mag Pieske“, eröffnete er ihm. „Ich hasse ihn, und ich weiß, dass auch meine Eltern ihn nicht ausstehen können. Er behandelt auch die Pferde nicht gut, aber wir haben ihm noch nie etwas nachweisen können. Er spielt sich auf, als wäre er der Boss, bloß weil er ein Super-Fachmann ist, auf den wir nicht verzichten können.“

„Mit dem stimmt was nicht“, erklärte Oliver. „Oder ist es normal, dass er sich nachts um zwei Uhr auf dem Hof herumtreibt und sich draußen vor dem Tor heimlich mit jemandem trifft?“

„Wie bitte? Ist das jetzt ernst gemeint, oder spinnst du?“ Axel war verwirrt. Er schien nicht zu wissen, was er mit dem anfangen sollte, was Oliver ihm gesagt hatte. Er blieb vor ihm stehen und blickte ihn verdutzt an. „Mit wem hat er sich getroffen, und woher weißt du das?“

Oliver überlegte nicht lange. Er entschloss sich dazu, ganz ehrlich zu Axel zu sein. Er hatte den Eindruck gewonnen, dass dies der beste Weg war, um die Fragen zu klären, die sie beschäftigten. Er musste sich jetzt einfach dem Problem stellen – der Pferde wegen. So deckte er seine Karten auf und gestand Axel, dass sie mit der Absicht nach Blauenau gekommen waren, herauszufinden, ob hier Pferde gequält wurden.

Axel setzte sich neben der Reithalle ins Gras; er zupfte ein paar Grashalme ab und spielte mit ihnen. Wie gebannt hörte er Oliver zu und unterbrach ihn nicht ein einziges Mal.

Oliver beobachtete ihn und stellte erleichtert fest, dass er nicht beleidigt war, weil sie Blauenau mit einem bösen Verdacht aufgesucht und das Gestüt verbotener Methoden verdächtigt hatten.

„Was war es für ein Auto?“, fragte Axel beklommen, nachdem er alles erfahren hatte.

„Ein japanischer Geländewagen.“ Oliver sah ihn ernst an.

„So ein kleiner mit zwei großen und zwei kleinen Scheinwerfern und einem Dachgepäckträger mit Ersatzreifen oben drauf?“

„Ja, genau!“ Oliver nickte.

„Dann war es kein Mann, sondern eine Frau, die Pieske getroffen hat“, stellte Axel fest. Er pfiff leise durch die Zähne, als sei er endlich hinter ein Geheimnis gekommen. „Es könnte seine Tochter gewesen sein. Sie hat einen kleinen Hof, keine zehn Kilometer von hier entfernt.“

„Seine Tochter? Und warum trifft er sie heimlich mitten in der Nacht?“, fragte Oliver ungläubig.

„Das würde ich auch gern wissen“, erwiderte Axel. Er stand auf und winkte Oliver, zu dem er Vertrauen gewonnen hatte, nachdem dieser so offen zu ihm gewesen war. „Wegen der Tochter hatten mein Vater und Pieske erst letzten Sonntag beim Turnier mächtigen Krach miteinander. Da hat Pieske richtig Zoff gekriegt.“

Oliver erinnerte sich an die Szene, die er beim Springreiten beobachtet hatte.

„Hat Pieskes Tochter rote Haare und ganz helle blaue Augen?“, fragte er.

„Stimmt“, erwiderte Axel. „Das ist sie. Ich finde sie eigentlich ganz nett.“

„Ich auch. Aber irgendwas ist im Busch, das fühle ich!“

Axel überlegte nicht lange. Hier sah er endlich eine Gelegenheit, Pieske etwas für die vielen kleinen Bosheiten heimzuzahlen, unter denen er zu leiden gehabt hatte, seit der Pferdewirt auf Blauenau tätig war. Er machte Oliver einen Vorschlag: „Was hältst du davon, wenn wir zu ihrem Hof reiten und uns da mal umsehen?“

„Und die Mädchen?“

„Die kommen mit. Oder meinst du, die interessieren sich nicht dafür? Ich jedenfalls möchte wissen, was dahinter steckt.“

Und das wollten Wendy, Bianca, Vanessa und Silke auch, nachdem sie erfahren hatten, was Oliver und Axel besprochen hatten.

„Wisst ihr, wir haben uns selbst schon mal gefragt, ob unsere Pferde gebarrt werden“, sagte Silke ernst, als sie quer durch den Wald hinter dem Reiterhof ritten. „Aber wir haben nie etwas gesehen. Vielleicht macht Pieske es heimlich und nur, wenn wir in der Schule sind.“

„Und dein Vater?“, fragte Wendy. Sie trieb Miss Dixie an, bis sie neben Silke ritt.

„Der kümmert sich nicht um so etwas“, erwiderte

Silke niedergeschlagen. „Er will nur Ergebnisse sehen: Wie sie erzielt werden, das ist ihm ziemlich egal. Er züchtet Pferde und lässt sie in Dressur und Springen ausbilden. Danach werden sie verkauft. Er sagt immer, dass er den Leuten nur gibt, was sie unbedingt haben wollen."

„Ich verstehe", sagte Wendy bitter. „Je höher die Pferde springen, desto besser." Gut, dass unser Vater anders ist, dachte sie bei sich. Für Gunnar Thorsteeg waren Pferde nicht nur Sportgeräte. Die ganze Familie liebte Tiere.

„Die meisten wollen fertige Pferde!", sagte Silke ausweichend.

Das konnte Wendy nur schwer verstehen. Sie beugte sich vor und spielte mit der Mähne von Miss Dixie. Sie hätte nie und nimmer ein schon voll ausgebildetes Pferd haben mögen. Für sie war es gerade wichtig, mit ihrem Pferd zu arbeiten und ihm verschiedene Dinge beizubringen, dabei auch selbst zu lernen und so ein Vertrauensverhältnis zu schaffen, das für eine enge Verbindung zwischen Reiter und Pferd sorgte. Nur dann entstand ein Vertrauensverhältnis zwischen Mensch und Tier.

Der erste Eindruck täuscht

Als sie den Wald verließen, folgten sie einem offenen Feldweg, der zu einem weiteren Waldstück führte. Auf der einen Seite befand sich ein ausgedehntes Rapsfeld, auf der anderen Seite standen einige Stuten mit ihren Fohlen auf einer Koppel.

„Dahinter liegt der Hof von Marita Pieske", sagte Silke. „Ich bin noch nie da gewesen, aber ich weiß, dass sie sich auch mit Pferdezucht beschäftigt."

Wendy fiel auf, dass Miss Dixie den Kopf tief hielt und hin und wieder weit nach links oder rechts ausstreckte, wobei sie mit weit geöffneten Nüstern schnupperte. Irgendein Geruch schien das edle Westernpferd zu stören.

Wendy beugte sich weit über ihren Hals. „Was ist los, Miss Dixie?", fragte sie. „Was beunruhigt dich?"

Die Pintostute schüttelte sichtlich angewidert den Kopf. So benahm sie sich sonst nie, das wusste Wendy.

Vanessa war abgestiegen und an den Zaun getreten, um ein neugieriges Fohlen zu streicheln. Sie hielt Asta locker an den Zügeln. Die Stute beugte den Kopf herab und machte Anstalten, ein paar Grashalme und Blättchen abzuzupfen.

Plötzlich begriff Wendy. „Nein", schrie sie voller Angst. „Nicht, Asta!"

Vanessa fuhr erschrocken herum, und ihre Stute hob den Kopf.

„Was ist denn?", fragte das dunkelhaarige Mädchen.

„Stimmt was nicht?" Silke war vor Schreck blass geworden. Ihre Unruhe übertrug sich auf ihr Pferd. Nervös tänzelte es.

„Fällt euch nichts auf?" Wendy blickte sich um. „Seht euch doch mal den Wegrand an!"

„Tue ich ja", gab Vanessa heftig zurück. Sie fürchtete, einen Fehler gemacht zu haben und aus diesem Grund kritisiert zu werden, und entsprechend war ihr Ton. „Da ist Gras. Na und?"

„Nur Gras", stellte Oliver fest, der schneller begriffen hatte als die anderen. „Und nicht einmal besonders viel. Aber keine Wildkräuter. Nur Gras. Habt ihr so was schon mal gesehen?"

Wendy spürte plötzlich, wie es ihr kalt über den Rücken lief, denn ihr war schlagartig die Gefahr klar geworden, in der vor allem Asta schwebte.

„Hier hat jemand Gift gespritzt, um das Unkraut zu vernichten", sagte er. „Wahrscheinlich war es derjenige, dem das Rapsfeld gehört. Er hat nicht nur auf einer Seite gespritzt, sondern auch noch auf der anderen, ohne auf die Pferde Rücksicht zu nehmen."

Vanessa griff nach Astas Kopf und hielt ihn fest, sodass die wertvolle Holsteiner-Stute nicht noch einmal nach dem Gras schnappen konnte. „Meinst du wirklich?", fragte sie erschrocken.

„Und ob ich das glaube!", betonte Oliver. „Es gibt immer noch Verantwortungslose, die so etwas tun, bloß um nicht so viel Arbeit auf den Feldern zu haben. Sie denken überhaupt nicht darüber nach, was sie anrichten."

Er deutete auf den Grasstreifen am Koppelzaun.

„Man kann ganz deutlich sehen, bis wohin gespritzt worden ist", erklärte er. „Direkt am Zaun wächst nicht nur Gras; dort stehen zum Beispiel auch Löwenzahn und Brennnesseln, nicht aber hier am Weg."

„Das stimmt", Wendy nickte. „Und einige Pferde haben bestimmt von dem Gras auf dieser Seite des Zauns gefressen. Es war giftig für sie – wie giftig, das hängt davon ab, wie viel sie gefressen haben."

„Gehört diese Koppel zu Blauenau?", fragte Oliver.

„Klar", antwortete Axel. „Und die kranken Pferde könnten hier gewesen sein. Das weiß ich ziemlich sicher."

„Und ich auch", bestätigte Silke. „Ich habe sie selbst hierher gebracht, und da waren sie noch gesund."

„Ob die Fohlen sich auch vergiftet haben?“, fragte Vanessa voller Sorge. Sie war abgestiegen und führte Asta zur Mitte des Wegs, wo die Stute mit dem Gras nicht in Berührung kommen konnte.

„Zum Glück sind die Fohlen nicht so gefährdet“, beruhigte Wendy sie. „Sie haben noch einen so kurzen Hals, dass sie das Gras hier nicht erreichen können.“

„Das Rapsfeld gehört Marita Pieske“, sagte Silke. „Wir werden sie fragen, ob sie hier Gift gespritzt hat.“ Sie schüttelte ungläubig den Kopf. „Eigentlich kann ich mir das nicht vorstellen. Sie ist so nett, und sie hat wirklich Ahnung von Pferden.“

Wendy trieb Miss Dixie wieder an.

„Wir werden ja sehen, ob sie wirklich so nett ist“, sagte sie. „Ich bin jedenfalls gespannt, wie es auf ihrem Hof aussieht.“

Silke schloss zu ihr auf.

„Weißt du eigentlich, was dein Vater gegen Marita hat? Warum gibt es ihretwegen Streit?“, fragte das Mädchen vom Reiterhof Lindenhöhe.

Silke zögerte mit der Antwort. „Genau weiß ich es nicht“, entgegnete sie schließlich, während sie durch das kleine Wäldchen ritten und sich einem versteckt liegenden Gehöft näherten. „Pieske hat mal ein paar Pferde von uns zum Ausbilden zu Marita gegeben, und das passte meinem Vater nicht.“

„Warum denn nicht?“ Wendy wunderte sich. „Wenn sie gut ist, hat er doch nur Vorteile davon.“

„Ich weiß es nicht. Vielleicht will er, dass Pieske das bei uns macht. Schließlich bezahlt er ihn dafür, dass er sich um diese Dinge kümmert!“ Sie sah jetzt bedrückt aus.

Sie erreichten den Waldrand und konnten nun den Bauernhof sehen. Er war nur klein und bestand lediglich aus einem Haus mit Scheune und einem Schuppen. Er wurde von alten Linden abgeschirmt, die am Ufer eines mit Entengrütze bedeckten Grabens standen. Vor dem Haus befand sich ein quadratischer Platz, der von sorgfältig gepflegten Blumenbeeten umsäumt wurde. Hier parkte ein kleiner Geländewagen mit Gepäckträger, zwei angeketteten Reservereifen darauf und einem angekoppelten Pferdeanhänger. Ein Collie lag mitten auf der Brücke, die über den Graben zum Hof führte.

„Wir lassen die Pferde lieber hier im Wald“, schlug Silke vor. „Auf dem Hof können wir sie nirgendwo anbinden, und ich möchte nicht, dass sie die Blumen abfressen.“

„Ich auch nicht“, stimmte Oliver zu. „Womöglich sind die auch gespritzt worden, damit Marita kein Unkraut zupfen muss.“

Sie stiegen aus dem Sattel und banden die Pferde an die Äste einiger Bäume. Dann näherten sie sich der Brücke, auf der sich nun der Collie erhob und drohend knurrte. Er wollte deutlich machen, dass an ihm kein Weg vorbeiführte.

„Und jetzt?", fragte Bianca. „Collies sind sehr sensibel. Wenn sie Angst haben, beißen sie."

„Da bin ich aber froh, dass du kein Collie bist", flüsterte Vanessa boshaft. „Du würdest ständig beißen!"

Bianca schnitt ihr eine Grimasse und ging etwas langsamer als die anderen. Vanessa blieb bei ihr am Ende der Gruppe, wo sie bei einem Angriff des Coilies am sichersten war.

Oliver streckte dem Hund eine Hand entgegen und sprach beruhigend auf ihn ein.

„Durch das stärkste Fernrohr", sagte er in einem Tonfall zu ihm, als lobe er ihn und suche seine Freundschaft, „erscheint der Planet Mars so groß wie mein Kopf aus zehn Metern Entfernung. Aber selbst wenn es auf dem Mars von Collies nur so wimmeln würde, könnte man sie nicht wahrnehmen, weil du aus zehn Metern Entfernung ja auch nicht sehen kannst, was auf meinem Kopf vorgeht!"

Wendy und die anderen lachten über den Unsinn, aber der Hund reagierte wie erhofft. Was Oliver gesagt hatte, war nicht so wichtig, die Worte verstand er ohnehin nicht. Es kam nur darauf an, wie er es gesagt hatte, und das hatte so beruhigend und freundlich in seinen Ohren geklungen, dass er das Knurren einstellte, mit dem Schwanz zu wedeln begann und an Olivers Hosenbeinen schnüffelte. Das Ergebnis dieser Untersuchung schien ihn zu befriedigen, denn nun ließ er sich von Oliver streicheln und hatte nichts dagegen, dass er die Brücke überschritt und die anderen ihm folgten.

Wendy war zufrieden, sie alle wussten, dass Oliver Tiere mochte.

„Sonst zitiere ich immer aus Goethes Gedichten", behauptete Oliver und grinste Axel an, „aber für diesen ländlichen Hund ist so was wohl zu anspruchsvoll."

Axel blieb ernst. Er warf Oliver nur einen kurzen, anerkennenden Blick zu. Ihm war längst klar geworden, dass Oliver gut mit Tieren umgehen konnte und ein großer Tierfreund war. Mahnend legte er einen Finger an die Lippen. „Hör doch", sagte er leise.

Doch die Warnung wäre nicht notwendig gewesen. Oliver war ebenso wenig wie Axel und den anderen entgangen, dass hinter dem Bauernhaus ein Pferd gewiehert hatte und dass von dort das Stampfen von Pferdehufen zu hören war,

Vorsichtig umrundeten sie das Haus und blieben schließlich hinter einigen Büschen stehen. Von hier aus konnten sie zu einer Koppel hinsehen, auf der mehrere Hindernisse aufgebaut waren. Die rothaarige Marita Pieske stieß einem Hannoveraner-Wallach scharf gezackte Sporen in die Seiten und trieb ihn damit über ein Hindernis, an dessen Seiten hohe Büsche standen. Hinter einem der Büsche stand ein junger Mann verborgen, der eine Holzstange in den Händen hielt. Als das Pferd das Hindernis übersprang, holte er aus und schlug dem Tier die Stange gegen die Beine. So zwang er es, die Beine beim Sprung höher zu nehmen, als das Pferd eigentlich konnte, wenn es nicht gezwungen wurde.

Ein zweites Pferd stand gesattelt an einem Zaun. Es wartete darauf, als Nächstes über das Hindernis getrieben zu werden.

„Aber das sind ja Alaska und Wyoming", flüsterte Silke entsetzt. „Unsere Pferde! Das gibt es doch gar nicht!"

„Sie sind ganz wund von den Sporen", stellte Axel empört fest. „Der sage ich meine Meinung!"

Er wollte durch die Büsche auf den Vorplatz der Koppel gehen, doch Wendy und Oliver zogen ihn und Silke zurück.

„Nein, noch nicht", baten sie wie aus einem Mund.

„Warte noch", forderte Wendy. „Vanessa, wo hast du meinen Fotoapparat?"

Vanessa blickte verlegen zum Wäldchen hinüber, wo ihre Pferde standen. Das war deutlich genug, und Wendy begriff. Die Kamera befand sich in der

Satteltasche. Dort hatte ihre Cousine sie schlicht vergessen.

„Wir brauchen keine Kamera“, flüsterte Silke mit Tränen in den Augen. Auch für sie war schwer zu ertragen, wie die Pferde gequält wurden. „Alaska und Wyoming gehören uns. Wenn mein Vater sieht, was sie mit denen gemacht hat, ist der Teufel los.“

„Es wäre aber viel besser, wenn wir Fotos machen“, flüsterte Wendy. „Die könnten wir nicht nur deinem Vater, sondern auch dem Tierarzt und der Polizei zeigen. Mit Beweisen kann etwas gegen sie unternommen werden!“

Sie hörten die Pferde schnauben, und dann vernahmen sie die Stimme von Marita Pieske.

„Schluss für heute“, rief sie. „Es reicht. Ich fahre jetzt.“

„Musstest du die Sporen so hart ansetzen?“, kritisierte der Mann. „Es genügt doch, wenn du ihnen Elektroschocks gibst. Du hast die Pferde verletzt.“

„Na und?“ Sie lachte, und ihre Stimme klang schrill. Jetzt machte sie keineswegs mehr den netten Eindruck wie sonst. Sie wirkte hart und herrschsüchtig. „Dies ist meine Schule, und hier werden meine Methoden angewendet. Diese Böcke sollen höher springen, und das werden sie auch! Und wenn ich sie über die Hindernisse knüppeln muss!“

„Du bist der Boss“, sagte der Mann. Aber ihm war

anzumerken, dass er enttäuscht über ihre schroffe Ablehnung war.

„Du hast es erkannt“, erwiderte sie hart. „Und wir machen so weiter. Wenn die Gäule nach Blauenau zurückgehen, sind sie gut vorbereitet. Mein Vater kann dann mit der sanften Methode weitermachen!“

Dann wurde es still. Wenig später waren Schritte auf dem Hof zu hören, eine Autotür klappte, und dann fuhr der Geländewagen weg.

„Jetzt ist mir einiges klar“, stöhnte Axel.

„Mir auch“, sagte Silke. Sie lief zur Hausecke und blickte dem Wagen nach, der sich rasch entfernte.

„Pieske, dieser Miesling, gibt Pferde hierher zu seiner Tochter und lässt sie mit verbotenen Methoden ausbilden“, platzte Axel heraus. Er machte eine Pause und kaute auf den Lippen, bevor er fortfuhr: „Natürlich gegen Papis Willen. Deswegen hat es auch Krach zwischen ihm, Pieske und Marita gegeben.“

„Irgendwann kommen die Pferde dann zu uns nach Blauenau zurück, und dort übernimmt Pieske die weitere Ausbildung. Er wendet die sanfte Methode an und brüstet sich damit, was er für ein Super-Könner ist“, ergänzte Silke. „Dabei weiß dieser Mistkerl genau, was hier mit den Pferden getrieben wird.“

Sie blickte Wendy traurig an.

„Es tut mir Leid, dass wir letzten Sonntag besser waren als ihr", sagte sie mit stockender Stimme. Sie fuhr sich mit dem Handrücken über die Nase und schniefte ein bisschen. „Ich hatte ja keine Ahnung, weshalb unsere Pferde höher springen als eure. Mein Gott, wenn wir das gewusst hätten ... Unsere armen Pferde!"

„Schon gut, Silke", erwiderte Wendy. „Wir sind dir nicht böse. Und deinem Bruder auch nicht. Aber es muss etwas geschehen, das ist euch doch klar!"

„Für mich ist jetzt Schluss", erklärte Silke entschlossen. „Unter solchen Umständen will ich nicht reiten und schon gar nicht an Turnieren teilnehmen."

„Ich auch nicht", schwor Axel. „So etwas macht mir keinen Spaß. Das hat mit Reiten nichts mehr zu tun. Es ist ein Verbrechen an den Pferden!"

„Ja", stimmte seine Schwester ihm zu. „Es geht nur noch darum, dass Vater die Pferde teuer verkaufen kann. Ich komme mir so mies vor, weil ich auch noch dazu beigetragen habe, dass die Pferde ins Turnier mussten und dort einen guten Eindruck gemacht haben!"

Oliver war so getroffen, dass er kaum sprechen konnte. Auch er hatte Tränen in den Augen. „Die Leute, die sich für unsere Pferde interessieren, müssen doch glauben, dass sie noch viel mehr mit ihnen erreichen können, wenn wir Kinder schon so gut mit ihnen springen", brachte er mühsam hervor. „Hoffentlich hat Papa nichts damit zu tun!"

Wendy musste an Wolga denken, das Pferd, das ihr auf dem Springturnier so eigenartig vorgekommen war. Sie war sicher, dass es auf diesem Bauernhof nach der besonderen Methode von Marita Pieske behandelt worden und dass dabei etwas in ihm zerbrochen war. Hier auf diesem Hof hatte es seine innere Schönheit verloren – sein Vertrauen in Menschen.

Das ist mein Pferd!

Plötzlich raschelte es in den Büschen, und der junge Mann, der das Pferd gebarrt hatte, trat heraus. Argwöhnisch blickte er die jungen Leute an.

„Was macht ihr denn hier?", fragte er.

„Wir suchen Frau Picske", antwortete Wendy rasch. „Ist sie hier?"

„Nein", erwiderte er, ohne zu zögern. „Sie ist gerade weggefahren."

„Ach, dann war sie das in dem Auto? Wann kommt sie denn wieder?" Wendy ließ nicht locker. Sie erweckte den Eindruck, als seien sie eben erst angekommen, zwang sich ein freundliches Lächeln ab und tat, als ahne sie nicht, was sich hinter dem Haus abgespielt hatte. „Kann es lange dauern?"

„Weiß ich nicht", erklärte er. Dann ging er auf sie zu und breitete dabei abschirmend die Arme aus, um sie daran zu hindern, einen Blick über die Büsche hinweg auf den Trainingsplatz zu werfen. Er trieb sie förmlich zum Hof zurück. „Sie wollte zuerst in die Stadt und dann nach Lindenhöhe."

„Nach Lindenhöhe?" Wendy staunte. „Was will sie denn da?"

Er lachte, sichtlich erleichtert, weil es ihm gelungen war, sie von den geschundenen Pferden fern zu halten.

„Das geht dich eigentlich gar nichts an", antwortete er, „aber ich will es dir trotzdem verraten. Sie kauft dort Pferde!"

„Danke", stotterte Wendy erschrocken. „Dann wissen wir ja, wo wir sie finden können."

Rückwärts gehend näherte sie sich der Brücke. Sie winkte dem jungen Mann zu. „Wiedersehen!"

Er erwiderte den Gruß, indem er die rechte Hand ein wenig hob, beugte sich dann zu dem Collie hinunter und streichelte ihn, ließ aber Wendy und die anderen nicht aus den Augen, bis sie den Waldrand erreicht hatten. Dann verschwand er zusammen mit dem Hund im Haus.

„Jetzt ist mir klar, warum sich Pieske gestern Nacht mit seiner Tochter getroffen hat", bemerkte Axel, als sie wieder bei ihren Pferden waren. „Er hat eines unserer Pferde auf eine Koppel gebracht und ihr gesagt, wo sie es abholen soll. Und damit mein Vater es nicht merkt, hat er sie heimlich getroffen."

„Du meinst, Pferde können bei euch so einfach verschwinden?" Wendy stieg in den Sattel. „So etwas könnte auf Lindenhöhe nicht passieren! Niemals!"

„Wir haben so viele Pferde und so wenig Personal,

da fällt es manchmal nicht auf, wenn mal eins fehlt!“, sagte Axel leise und unsicher.

„Und die Stallburschen kümmern sich sowieso nicht drum, wenn Pieske sagt, es ist in Ordnung“, fügte Silke hinzu. Hilfe suchend blickte sie Wendy an. „Was machen wir denn jetzt?“

Wendy spähte durch das Laub noch einmal zum Bauernhaus hinüber, um sich davon zu überzeugen, dass sie von dem Bärtigen nichts zu befürchten hatten.

„Wir reiten zurück nach Blauenau“, schlug ihr Bruder vor. „Papa muss wissen, was los ist. Er sorgt dafür, dass Pieske und seine Tochter bestraft werden.“

„Später“, widersprach Wendy. „Jetzt müssen wir sofort nach Lindenhöhe. Wir müssen verhindern, dass mein Vater dieser Frau Pferde verkauft. Ich will nicht, dass sie mit unseren Pferden das Gleiche macht wie mit Wolga, Alaska, Wyoming und den anderen Pferden, die sie hier gehabt hat. Das werden wir verhindern, ich schwöre es euch!“

„Wir telefonieren von Blauenau aus“, schlug Axel vor.

„Nein“, lehnte Wendy ab. Sie ließ keinen Zweifel daran, dass sie notfalls auch allein nach Lindenhöhe reiten würde. „Am Telefon kann ich meinen Vater nicht davon überzeugen, dass er ihr keine Pferde verkaufen darf. Ich muss selbst hin und ihm alles erklären!"

„Aber es dauert mindestens zwei Stunden, bis wir dort sind", gab Silke zu bedenken. „Selbst wenn wir den kürzesten Weg nehmen."

„So viel Zeit haben wir", entgegnete Wendy. „Die Pieske will ja erst in die Stadt und dann zu uns. Bestimmt kommen wir unterwegs an einem Hof vorbei, von dem aus wir telefonieren können."

„Und was willst du deinem Vater sagen?", fragte Bianca.

„Dass er mit dem Verkauf der Pferde unbedingt warten soll, bis wir da sind", antwortete Wendy. Dann trieb sie ihr Westernpferd energisch an. „Los, Miss Dixie! Wir haben es eilig!"

Wendy und ihre Freunde verhielten sich so, wie sie es beim Distanzreiten gelernt hatten. Sie ließen die Pferde laufen, ohne sie zu überanstrengen, und wenn es im Gelände nach oben ging, sprangen sie aus dem Sattel und liefen neben ihnen her. Auf diese Weise kamen sie schnell nach Lindenhöhe, ohne die Pferde zu stark belastet zu haben.

Als sie auf dem Reiterhof eintrafen, fuhr Marita Pieske gerade mit ihrem Geländewagen auf den Hof. Den Pferdehänger hatte sie hinten angekoppelt. Während sie zum reetgedeckten Haupthaus ging, bemerkte sie Silke und Axel. Sie winkte ihnen fröhlich zu.

„Dieses Miststück verstellt sich“, sagte Oliver wütend. „Aber das Lachen wird ihr noch vergehen.“

Sie brachten ihre Pferde zu den Stallungen und versorgten sie in aller Eile. Wendy zog Oliver zur Seite und sprach kurz mit ihm, und während er danach im Stall blieb, lief sie mit den anderen zur nördlichen Reithalle hinüber, vor der Gunnar Thorsteeg mit der jungen, rothaarigen Frau bei einigen Pferden stand. Sie hatte die Pferde mittlerweile begutachtet, und Thorsteeg streckte ihr nun die Hand entgegen.

„Dann sind wir uns ja einig“, sagte er. „Schlagen Sie ein!“

„Nicht, Papa“, rief Wendy. Atemlos stellte sie sich zwischen ihn und Marita Pieske. „Du darfst ihr keine Pferde verkaufen! Auf keinen Fall!“

„Aber Kind!“ Er wollte sie zur Seite schieben, doch es gelang ihm nicht. Wendy stemmte sich energisch gegen seine Hand.

„Nein, Papa! Diese Frau quält die Pferde! Sie barrt sie und versetzt ihnen mit den Sporen elektrische Schläge, um sie anzutreiben, oder sie nimmt so scharfe Sporen, dass die Pferde verletzt werden. Wir haben es selbst gesehen. Die Pieskes sind Tierquäler!“

„Ja, das stimmt“, sagte Silke Wadendürr mit zitternder Stimme.

Gunnar Thorsteeg blickte Marita Pieske fragend an. Er war nicht mehr ganz so freundlich wie noch kurz zuvor, doch sie zeigte sich von der Anschuldigung gänzlich unbeeindruckt.

„Was für ein Unsinn“, rief sie. Lachend schlug sie die Hände unter dem Kinn zusammen. „Lassen Sie sich bitte nicht von den Kindern irritieren, Herr Thorsteeg. Bei mir werden alle Pferde gut behandelt. Das wissen Sie doch. Ich liebe Pferde! Ich habe ein viel zu weiches Herz, um sie quälen zu können.“

Dabei lachte sie so offen und fröhlich, dass Wendys Vater sich täuschen ließ.

„Allerdings, Frau Pieske“, entgegnete er. „Ich kenne Sie und Ihren Vater lange genug. Ich weiß, dass meine Pferde bei Ihnen in guten Händen sind.“

„Nein, Papa, das sind sie nicht!“ Wendy war jetzt erstaunlich ruhig und gefasst. „Ich weiß genau, was ich sage. Wir haben es alle gesehen. Wir haben Frau Pieske beobachtet, wie sie mit den Pferden trainiert hat. Glaube uns doch!“

Gunnar Thorsteeg überlegte kurz, dann schüttelte er unsicher den Kopf und bat seine Tochter: „Lass uns jetzt in Ruhe, Wendy. Frau Pieske und ich sind uns einig.“

Während Wendy mit einem eigenartigen Lächeln

auf den Lippen zurücktrat, streckte die rothaarige Frau ihrem Vater die Hand entgegen.

„Schließen wir den Handel ab“, schlug sie vor.

„Na schön“, seufzte Wendy. „Da kann man nichts machen.“

Sie blickte kurz zu den Stallungen hinüber. Von dort kam Oliver mit dem Pferd „Sorgenkind“.

„Ich störe auch nicht mehr, Papa“, sagte sie laut. „Ich möchte Frau Pieske nur noch etwas zeigen.“

„Was denn?“, fragte die junge Frau. Sie wandte sich ihr zu und bemerkte Oliver mit dem Pferd. Ihr Gesicht verzog sich, und sie rief überrascht: „Aber das ist ja Eastwind! Das ist mein Pferd! Wie kommt es hierher?“

Sie ging zu dem Pferd, griff nach seinem Halfter und streichelte seinen Kopf.

„Wo bist du gewesen, Eastwind?“ Lächelnd blickte sie über die Schulter zu Thorsteeg hinüber. „Der Bursche ist mir vor einer Woche weggelaufen. Ich habe ihn schon überall gesucht, aber ich hatte natürlich keine Ahnung, dass er hier ist.“

„Sie können das Pferd mitnehmen“, sagte Gunnar Thorsteeg mit eisig klingender Stimme. Sein Gesicht war verschlossen, und die Lippen waren so schmal geworden, dass sie wie zwei dünne Striche wirkten. „Das ist aber auch das einzige Pferd, das ich Ihnen mitgebe.“

„Wie soll ich das verstehen?“ Bestürzt ließ sie das Pferd los, das Dr. Packmoor unter großen Mühen gerettet hatte. Sie kehrte zu Thorsteeg zurück.

„Sehr einfach“, entgegnete er. Nie zuvor hatte Wendy ihren Vater so zornig gesehen. „Dieses Pferd ist der Beweis dafür, dass meine Tochter die Wahrheit gesagt hat. Nehmen Sie es mit, und stellen Sie sich darauf ein, dass wir Anzeige gegen Sie erstatten werden!“

Sie war blass bis an die Lippen, und nun war auch in ihrem Gesicht nicht mehr die geringste Spur eines Lächelns zu erkennen.

„Und dabei geht es nicht nur um Tierquälerei“, rief Silke. Sie ging neben der jungen Frau her, die ihr Pferd zum Anhänger führte. „Es geht auch um das Pflanzengift, das Sie auf den Feldern und am Wiesenrand verspritzen. Sie haben nicht nur dieses Pferd vergiftet, sondern auch Pferde von meinem Vater. Wir können alles beweisen. Verlassen Sie sich darauf, dass Sie dafür eine saftige Rechnung bekommen. Der Tierarzt und die Medikamente haben ein Menge gekostet. Wir können keine Tierquäler in der Nähe unserer Pferde haben!“

Nun sah die junge Frau so aus, als würde sie sich am liebsten verkriechen. Überstürzt führte sie das Pferd in den Transporter, verschloss ihn, stieg dann wortlos in den Geländewagen und fuhr davon.

Ernst blickte Wendy ihren Vater an. Ihr war klar, dass er Pferde verkaufen musste und dass sie ihm eine Kundin vertrieben hatte. „Du weißt, Papa", sagte sie, „ich konnte nicht anders. Tierquälerei können wir nicht dulden, das hast du selbst immer gesagt!"

Gunnar Thorsteeg wandte sich ihr zu, und er sah so entschlossen aus, dass Wendy erschrak. Doch dann erschien plötzlich ein kleiner, freundlicher Funke in seinen Augen. Er blinzelte ein wenig, und dann zog er seine Tochter schnell in seine Arme.

„Das war großartig, Wendy", sagte er und drückte sie an sich. „Ich bin stolz auf euch. Ihr geht mit offenen Augen durch die Welt. Das hätte niemand besser machen können! Aber diesen Leuten werden wir das Handwerk legen! Sie werden keine Pferde mehr quälen!"

Seine Worte hatten eine erlösende Wirkung. Die Spannung legte sich und schlug in Freude und Erleichterung um. Die Jungen und Mädchen redeten so laut und aufgeregt durcheinander, dass Heike Thorsteeg aus dem Büro kam, um nachzusehen, was los war.

Wuschel sprang bellend an Wendy hoch, bis sie endlich Zeit fand, ihn zu streicheln. Die Störche auf dem Reetdach klapperten, als wollten sie ihren Beifall bekunden.

„Heute bleibt ihr hier", sagte Thorsteeg zu Silke

und Axel, nachdem sich die Aufregung gelegt hatte. „Morgen bringen wir euch nach Blauenau zurück."

„Und dann bin ich auch dabei", erklärte Wendys Mutter. „Ich will endlich mal wieder reiten! Und was kann es Schöneres geben, als mit den Pferden am Strand entlangzuziehen? Unterwegs machen wir so ein tolles Picknick, wie ihr es noch nie erlebt habt!"

„Dazu fällt mir eine Geschichte ein", rief Oliver, aber er kam nicht dazu, sie zu erzählen. Die anderen lachten schon vorher und ließen ihn nicht zu Wort kommen.

„Das muss ich gleich Miss Dixie erzählen", sagte Wendy und eilte zu den Stallungen hinüber, um sich endlich mit ihrem Pferd zu beschäftigen, wie es nötig war und wie die Stute es liebte. Nach dem langen anstrengenden Ritt brauchte die Pintostute besondere Betreuung, und die wollte Wendy ihrem Pferd geben.

Wendy

VON
HANS G. FRANCISKOWSKY
KATHARINA LAHN

Wendy (Band 1)
Das Paradies der Reiter

Wendy (Band 2)
Ein Fohlen für Rodna

Wendy (Band 3)
Mit Pferden unterwegs

Wendy (Band 4)
Der Ritt am Meer

Wendy (Band 5)
Zuflucht auf Lindenhöhe

Wendy (Band 6)
Pferdediebstahl auf der Weide

Wendy (Band 7)
Pferde in Not

Wendy (Band 8)
Die Pferdefreundin

Wendy (Band 9)
Spuren im Wald

Wendy (Band 10)
Vier dicke Freunde

Wendy (Band 11)
Saskia gibt nicht auf

Wendy (Band 12)
Oliver kommt zurück

Wendy (Band 13)
Gefahr im Steinbruch

Wendy (Band 14)
Der Sommer mit Karoline

Wendy (Band 15)
Rettet die Ponys!

Wendy (Band 16)
Ein böser Verdacht

Das PC-Abenteuer
auf CD-ROM
Wendy
Merkwürdige Dinge passieren auf dem Gestüt Rosenborg: als Wendy morgens in den Stall kommt, um die Pferde zu füttern, ist die Arbeit bereits erledigt. Auch Bianca staunt – wer hat nur die Box von Prinz ausgemistet? Wer ist der Eindringling der sich im Stall zu schaffen macht? Heimlich legen sich Wendy und Bianca auf die Lauer... Doch der vermeintliche Einbrecher entpuppt sich als ein junges Mädchen, Sarah. Sarah liebt Pferde über alles, aber ihre Mutter hat ihr den Umgang mit Pferden verboten. Werden Wendy und ihre Freunde dafür sorgen, daß Sarahs großer Traum vom Reiten in Erfüllung geht?
Features:
zahlreiche knifflige Rätsel
14 verschiedene Charaktere
über 10 verschiedene Locations
zeichentrick-animierte Figuren und Hintergründe
digitaler Stereosound
Sarahs großer Traum
Endkundenbestellhotline: 01 80 / 5 21 66 99
(0,24 DM pro Minute) von Montag bis Freitag, 09.00 - 17.30 Uhr)
Fax: 040 / 66 99 10 99
Mail: bestellung@dtp-ag.com
www.shoebox-interactive.de
PC CD-ROM
shoe box
Shoebox ist ein gemeinsames Label von Egmont Interactive und dtp digital tainment pool